Hanna Krall
Ach du bist Daniel

Aus dem Polnischen
von Roswitha Matwin-Buschmann

Verlag Neue Kritik

Ach du bist Daniel

Juli 2000. An der Narew

Angetrunkene Männer hocken auf dem Markt herum, im Schatten der Eiben. Zwischen den Bänken wachsen Ziersträucher von zurückhaltender Schönheit. Sträucher und Eiben haben die hiesigen Arbeitslosen gepflanzt.

Die engen Gassen fallen zum Fluss hin ab. Die trübsinnigen Kletten der Flusswiesen und das unter der Sonne vergilbte Moos wissen nur die Touristen zu schätzen.

Die Frau und ihr Enkelsohn kaufen fürs Mittag ein: Die Verkäuferin schneidet die Koteletts, langsam, sorgfältig.

Klopfen Sie sich die? fragt sie. Und sie spritzen nicht? Wenn ich sie klopfe, hab ich das Fleisch an allen Wänden. Und wenn ich Leber klopfe, sind die Gardinen damit voll.

Einen Lappen unterlegen müssen Sie, wirft jemand ein (im Laden sind mehrere Leute).

Dick zusammengerollt muss er sein, fügt ein anderer hinzu.

Und der Fleischklopfer aus Holz.

Nein, wieso, genausogut geht einer aus Eisen.

Ach was, Holz bleibt Holz.

Die Frau und ihr Enkelsohn kommen zum Markt zurück.

Die angetrunkenen Männer lächeln ihnen zu wie alten Bekannten.

Der Junge, der über die Ferien hier ist, erwidert ihr Lächeln.

In den kanadischen Supermärkten unterhält man sich

bestimmt nicht über Fleisch in den Gardinen, sagt die Frau.

An den Wänden, korrigiert der Enkel. Das Fleisch klebt an den Wänden, die Leber in den Gardinen. Nein, darüber unterhält man sich nicht. Dann setzt er hinzu: In unsren Supermärkten unterhält man sich überhaupt nicht.

Er sieht sich nach den Trunkenbolden auf den Bänken um. Nach ihrem verschwommenen, zahnlosen Lächeln.

Er sagt: Wenn ich mit der Schule fertig bin, komm ich nach Polen und wohne in eurem Städtchen.

Mai 2000. Zakopane

Ich frage den Schauspieler (am Telefon), wann Christiane, seine Mutter, geboren ist.

Er sagt, dreiundvierzig, im März.

Ich bitte ihn, neun Monate abzuziehen.

Der Schauspieler rechnet im Kopf nach. Wir schweigen.

Heraus kommt Juli.

Heraus bekommen wir außerdem, dass beide damals neunundzwanzig waren.

Beide: die, die mit dem geliebten Mann ins Gas ging, und die, die Christiane im Rapsfeld empfing.

Damals: zweiundvierzig, im Juli.

O Gott, sagt der Schauspieler.

Wir schweigen.

Ja und? besinnt er sich. Das besagt doch nichts.

Zweiundvierzig, im Juli, tauchte ein Soldat im Dorf auf.

Es war ein schönes Dorf, auf Hügeln, an einem Teich, dessen Ufer bewachsen waren mit Schilf, Ried und grünem Moos. Der Soldat kam aus dem Nirgendwo.

Soldaten kommen immer aus dem Nirgendwo, wenn sie einzeln auftauchen.

Es hieß, er arbeite bei den Fahrzeugen.

Das war nicht verwunderlich. Die Soldaten der Wehrmacht – es war ja ein deutsches Dorf, und es war ein deutscher Soldat – arbeiteten bei den Fahrzeugen oder auf dem Bau oder in den Feldküchen. Schlimmstenfalls hoben sie Schützengräben aus, hingegen hört man selten, sie hätten auf jemanden geschossen. *Nein, nein, sie haben nie geschossen.*[*]

Der Juli war heiß in jenem Jahr.

Noch im Juni wusste der Himmel nicht genau: in Schönheit erstrahlen oder Hässlichkeit und Schwermut über die Welt ergießen.

Im Juli zweiundvierzig hatte der Himmel entschieden: Die Schönheit der Welt bleibt unangetastet. An einem sonnigen Julitag liebten sich der Soldat und Martha im Rapsfeld. Martha hatte einen dicken Zopf, große Brüste und eine schmale Taille.

Sie lagen auf der warmen Erde, beschirmt von den hohen braunen Stengeln.

Über ihnen platzten die reifen Schoten.

[*] im Original deutsch

Auf den Rücken des Soldaten und auf das Gesicht von Martha rieselten schwarze Körnchen.

Neun Monate später wurde Christiane geboren.

Der Soldat ging irgendwohin und kam nicht wieder.

Christiane gebar einen Sohn, der Schauspieler wurde.

Im Jahr zweiundvierzig war Felicja im Warschauer Ghetto. Ihr Ehemann befand sich in der fernen, sicheren Welt. Bei Felicja war der Mann, den sie liebte. Bei ihr waren auch ihre Mutter und ihr Sohn. Der Mann hieß mit Vornamen Albert.

Sie galt als verwöhntes, träges Einzelkind. Sie ermüdete rasch. Lag meist auf dem Sofa, ein Buch in der Hand. Sie wechselte gern die Haarfarbe. Sie liebte Paris und spielte ganz gut Klavier.

Albert war groß, schön und sehr semitisch. Solche Männer hatten keine Chance auf der arischen Seite.

Als die Mutter sagte: Wir gehen zu dritt raus, du, ich und der Junge, wunderte Felicja sich nicht.

Und die Mutter wunderte sich nicht, als ihr träges Einzelkind sagte: Ihr geht zu zweit raus, ich bleib bei Albert. Im Ghetto wunderte sich nie jemand über irgendwas. Die luxuriösen Gefühle waren jenseits der Mauer zurückgeblieben.

Im Juli zweiundvierzig kamen Felicja und Albert in Treblinka um.

Felicjas Sohn überlebte den Krieg und wurde ein bedeutender Pianist.

Er beschimpfte seine tote Mutter in Briefen, die erfüllt waren von Liebe, Eifersucht und Sehnsucht.

Du wolltest lieber den Albert, nicht wahr? Wolltest lieber mit ihm sterben als mit mir leben. Blöde sentimentale Fotze. Hattet ihr glückliche Flitterwochen? Ein hüb-

sches Bild müsst ihr abgegeben haben, wie ihr euch in den Armen lagt im Sterben… Und so weiter.

Er starb an Krebs.

Kurz vor dem Tod vermachte er dem Shakespeare-Theater in Stratford seinen Schädel. Mit diesem Schädel gaben sie den »Hamlet«, dann deponierten sie ihn in der Requisitenkammer.

Darüber habe ich eine lange Erzählung geschrieben. Ich nenne den Pianisten darin den Hamlet nach Treblinka.

Das Dorf, in dem es die Hügel, den schilfumstandenen Teich und die Rapsfelder gibt, liegt seit langem in Polen.

Christiane spricht mit ihrer Mutter deutsch.

Christianes Sohn fand Gefallen an der deutschen Kultur.

Er liebte Goethe und Kleist, vor allem aber liebte er das deutsche Theater. Noch auf der Schauspielschule erfuhr er von Peter Stein, und er träumte davon, in seinen außergewöhnlichen Inszenierungen mitzuspielen. Er erfuhr von Josef Kainz, und er träumte davon, den Hamlet zu spielen. Über Kainz schrieb er seine Magisterarbeit: Ludwig von Bayern liest ihm laut ein Stück von Schiller vor, und der gelangweilte Künstler sinkt zur Verzweiflung des verliebten Monarchen in Schlummer.

Jemand sagte dem Schauspieler, er ähnele Kainz. Er habe ähnlich durchsichtige, glitzernde Augen und eine ebenso klangvolle Stimme. Er sah sich in Wien sein Denkmal an – Hamlet mit dem Schädel in den hilflosen, traurigen Händen. Er vernahm keine Stimme, entdeckte keine Ähnlichkeit, dennoch beschloss er, Deutscher zu werden.

Er trug unumstößliche Beweise für sein Deutschtum zusammen.

Er fand Eintragungen in alten Personenstandsregistern, Sparbücher aus der Zeit vor dem Krieg mit stattlichen Summen, ja eine Feuerversicherung für Großmutter Marthas Hof.

Er machte sich auf nach Deutschland.

Der Mutter sagte er, er führe, um die Ersparnisse der Familie zurückzugewinnen.

In Wahrheit wollte er den »Faust« und Stein für sich gewinnen.

Deutschland begeisterte ihn. Es war geräuschlos wie die D-Züge und hygienisch wie der Zitronenduft in den öffentlichen Toiletten.

Er kam in ein Umsiedlerlager.

Zwei Monate später sollte er den *Ausweis** erhalten.

Zwei Wochen später ging er zurück nach Polen.

Vielleicht war ihm aufgegangen, dass er, mit dem »Faust« und mit Stein, auch Treblinka als Mitgift mitbekäme?

Vielleicht hatte man ihm eine gute Rolle angeboten?

Er ging zurück nach Polen.

Spielte den Hamlet.

Sprach: *Lasst den geduns'nen König Euch ins Bett von neuem locken, in die Wangen Euch mutwillig kneifen, Euch sein Mäuschen nennen…*

Ebensogut hätte er sprechen können: *Blöde sentimentale Fotze, hattet Ihr glückliche Flitterwochen?*

Er spielte viele Rollen, und in wen immer er sich verwandelte – in David den Harfenspieler, in den Grafen Wetter vom Strahl, in Baudelaire oder in den Prinzen von Dänemark, es war die Weite und die Schönheit der Rapsfelder im Juli in ihm. Doch auch das Sehnen und die Unerfülltheit von Großmutter Martha, die auf die Rückkehr des Soldaten wartete.

* im Original deutsch

Der Schauspieler möchte aufs Land, zu Großmutter Martha.

Da ist eine Schwierigkeit: Die Großmutter hat nicht Polnisch gelernt. Der Schauspieler kann nicht mehr Deutsch, seit er aufgehört hat, Deutscher zu sein.

Dolmetschen wird der Onkel des Schauspielers. Sein Stiefonkel, der Stiefbruder von Christiane. Der auf dem Hof gefunden wurde, bei der Scheune. Ein zugelaufenes Kriegskind mit merkwürdig schwarzen Augen, das Martha aufgezogen hat.

Der Schauspieler möchte fragen...

Er will dich fragen...[*], beginnt der Stiefonkel und flüstert auf polnisch: *O co ją chcesz zapytać?*[**]

Nach dem Großvater, nach dem Soldaten, wird der Schauspieler sagen.

Großmutter spricht nicht von ihm, sagt der Onkel schroff.

Das ist wahr. Martha spricht niemals und mit niemandem über den Soldaten.

Ich will nur fragen, woher sie weiß, dass er bei den Fahrzeugen war und nicht zum Beispiel...

Sie ist siebenundachtzig, unterbricht ihn der Onkel. Du wirst nichts mehr erfahren.

Was will er?[*] Die Großmutter wird ungeduldig.

Dein Enkel fragt, wie du dich fühlst, erwidert lä-

* im Original deutsch
** (poln.) Wonach willst du sie fragen?

chelnd Marthas Sohn. Das zugelaufene Kriegskind. Mit den merkwürdig schwarzen Augen – der Sohn aus dem Nirgendwo.

O Gott, sagt er.

Besinnt sich: Das besagt gar nichts. Die Frauen, die Daten, der Schädel, Hamlet... Ein Zufall. Ein Zusammentreffen von Umständen.

Es sei denn..., fügt er vorsichtig hinzu. Man wird sich diese Details merken müssen. Vielleicht erfahren wir noch mal mehr über sie.

Junger Mann. Einmal erfahren wir mehr über alles.

Mai 2000. Herzliya bei Tel Aviv

In den Gärten des Botschafters ist ein Empfang im Gange.

Ein Glas in der Hand, preist der Botschafter die zweihundert Jahre alte Verfassung.

Das Dunkel zwischen den Bäumen wird dichter.

Die jungen Frauen, erhitzt und ausgelassen, würden gern tanzen.

Im Geäst der Zedern und Mandelbäume hocken ein paar Geister. Sie vermuten, völlig zu Recht, dass die polnische Verfassung hier niemanden interessiert. Außer ihnen, den Zaddikim von Horodenka und Korzec. Denn sie waren es, die für Polen gebetet haben. Als erster betete Nachman von Horodenka, doch er begab sich, leider, ins Gelobte Land. Kaum war er abgereist, da kam die erste Teilung. Nach ihm betete Pinchas von Korzec. Doch er starb, leider, und kaum war er tot, kamen die nächsten Teilungen.

Beide sind sie Nachkommen und Vorfahren berühmter Weiser.

Der Großvater von Pinchas veröffentlichte in Krakau zweihundertzweiundfünfzig Auslegungen eines Gebets von Moses. Das Gebet selbst war zwei Sätze lang.

Nachmans Enkel war der Zaddik von Bracław, gleichfalls Nachman mit Namen. (*Das Herz tut mir weh, Rabbi, ich habe Kummer*, wird sich hundertfünfzig Jahre später ein polnischer Dichter bei ihm beklagen.)

Nachman hatte einen Traum. Er sah sein eigenes Haus,

es war verlassen und menschenleer. Er ging in die Synagoge. Dort waren Menschen, aber sie wandten sich von ihm ab. Wie konntest du? flüsterten sie empört. Ist es möglich, dass du eine so schreckliche Sünde auf dich geladen hast? Nachman begab sich auf Reisen, doch jedermann, in jedem Land, sah ihn voller Entsetzen an: Wie konntest du?! Da hauste er im Wald. Ein alter Mann aus dem nahen Dorf brachte ihm Essen mit den Worten: Wie konntest du?

Bis ans Ende des Traums erfuhr er nicht, was für eine Sünde er auf sich geladen hatte, aber als er erwachte, bat er seine Schüler, seine letzte Handschrift zu vernichten. Sie verbrannten sie ungelesen.

Der Empfang in den Gärten des polnischen Botschafters ist noch im Gange.

Ein ansehnlicher Mann zieht die Blicke der Gäste auf sich. Dunkler Teint, graues Haar, Ernst in den tiefen, honigfarbenen Augen. So mag der alternde König David ausgesehen haben.

Er tritt zu mir. Sagt, wir seien uns schon begegnet. In Polen, in Łódź. Es war April. Sie waren im Haus des Doktors, wir vor dem Haus. Die Geheimpolizei bewachte ihn.

Ah ja, die alten Zeiten. Der Geheimdienst vorm Eingang. Die Gäste aus Israel, die folgsam zum Auto zurückgehen.

Wir wollten keinen Ärger mit eurer Polizei, sagt der Mann. (Er ist nicht König David, er ist Professor für Geschichte der Neuzeit.) Wir kehrten um, und der Doktor...

Wissen Sie, was er tat?

Er kam zu uns herausgerannt und fing an zu schreien.

Wissen Sie, was er schrie?

Ihr habt überlebt, weil ihr Feiglinge seid!

Ihr habt überlebt, weil ihr Feiglinge seid!

Ihr habt überlebt, weil ihr...

Nun, das war es, was ich Ihnen erzählen wollte. Und dass ich nach dem Krieg geboren bin, hier geboren bin, und er hat geschrien: Ihr habt überlebt, weil ihr...

(Der Doktor hatte den Tisch gedeckt. Teller aufs festlich weiße Tuch gestellt. Jemand wird kommen, sagte er in einem fort. Unmöglich, dass alle sich fürchten.

Trommelwirbel erklang. Eine Stimme aus dem Radio teilte mit, es sei der Jahrestag des Ghettoaufstands, und man habe Kränze niedergelegt in der Hauptstadt.

Jener, der mit einer Gruppe von Freunden den Aufstand beschlossen hatte, sagte was von der Sonne. Damals habe sie auch geschienen, obwohl es kühler war.

Die Gäste kamen nicht. Der Doktor begab sich auf einen Spaziergang. Gefolgt von den Geheimdienstlern. Sie passten auf, dass er nicht ins Ghetto entwischte. Sie brauchten ihn nicht, dort, bei dem Trommelwirbel und bei den Kränzen. Er gab sich Mühe, ihre Blicke zu übersehen, belustigte und verächtliche Blicke.

Auf dem Heimweg dachte er darüber nach, wie man mit der bloßen Hand tötet. Man muss den *globus caroticus* treffen. Das Nervengeflecht am Hals, hinter dem Schildknorpel. Ja, er hat schwache Hände, aber er weiß, dass auf der linken Seite der Vagus liegt.

Er setzte sich an den Tisch.

Mit Korn und Bouillon war es erträglicher.

Um ihn herum standen die freien Stühle und leeren Teller.

In zänkischem Ton begann er irgendwelche Dinge mit dem Herrgott zu klären. Er äußerte sich hart über ihn, wie immer.

Ein Motor war zu hören, eine Hupe und die Stimmen der Geheimdienstler.

Er rannte vors Haus.

Ihr habt überlebt, weil ihr Feiglinge seid! schrie er den Gästen nach, die eilends zum Auto zurückkehrten.

Es waren die verächtlichsten Worte, die ihm eingefallen waren.)

Nachman von Horodenka fragt den Pinchas von Korzec, ob der Professor für neuzeitliche Geschichte ihn noch an den König David erinnere. Darauf sagt Pinchas von Korzec, der Mensch wird von seiner Seele belehrt. Es gibt keinen Menschen, den die Seele nicht unablässig belehrte.

Wieso hört der Mensch dann nicht auf sie? sinniert Nachman von Horodenka.

Nun, die Seele belehrt ihn unablässig, aber sie sagt alles nur einmal und wiederholt es nicht mehr.

März 2000. Frankfurt am Main

Sie ist weiß gekleidet, hat das weiße Haar hochgesteckt, Rouge aufgetragen. Hat die Halskette aus Perlen umgelegt.

Sie erblickt etwas in meinem Rücken. Lächelt. Ich wende den Kopf und sehe die weiße Wand.

Ich komme jeden Tag zu ihr. Nehme Platz in demselben Sessel, ihr gegenüber.

Die Deutschen bringen ein Buch mit ihren Bildern heraus, und ich schreibe eine kurze Erzählung über sie.

Ich lege Papier und Kugelschreiber vor mich hin.

Sie wollte Modezeichnerin werden. Nahm Zeichenstunden bei einem bekannten Maler. Er brachte ihr die Grundbegriffe von Proportion und Perspektive bei, außerdem riet er ihr, die Welt genau zu beobachten.

Es waren die vierziger Jahre des zwanzigsten Jahrhunderts.

Es war im Ghetto, in Warschau.

Auf ihrem Weg in die Zeichenstunde kam sie an bettelnden Müttern mit Säuglingen vorbei, an Leichen, die auf den Gehsteigen zurückgelassen worden waren, und an Kindern, die den Passanten das Brot entrissen.

Sie dachte an den Rat des Malers und beobachtete alles auf das genaueste. Selbst als sie auf die Selektion wartete, hörte sie mit dem Beobachten nicht auf.

Schritt für Schritt rückten sie zu dem SS-Mann vor. Sie ging mit Marcel, ihrem Mann. Sie hielten sich bei den Händen gefasst. Der SS-Mann hielt eine Lederpeitsche. Er war ein breitschultriger Riese mit einem kleinen Kopf. Sie bemerkte, dass sich die Peitsche dünn und kurz ausnahm gegen die mächtige Gestalt. Die Peitsche zeigte mal auf die linke, mal auf die rechte Seite. Die Menschen auf der linken Seite wurden auf einen Lastwagen geladen, die Menschen auf der rechten Seite durften gehen. Sie hatte ein gesundes Aussehen: Mund und Wangen getönt mit Rote-Rüben-Saft, so schickte er sie auf die rechte Seite. Die roten Rüben gab es auf Lebensmittelmarken, »auf den Abschnitt gelber Farbe«. Fünfzig Deka Kohl und zehn Deka rote Rüben im Monat.

Sie ging nach Hause zurück.

Nahm Farben und einen Schulpinsel.

Malte den SS-Mann, die Peitsche und die wartenden Menschen.

Sie malte täglich, Straßen, hungernde Kinder, Razzien, Leichen und so weiter.

Es waren Aquarelle.

Sie überlebten den Krieg auf der arischen Seite, vor kurzem kamen sie ins Museum.

Seit sechzig Jahren hat sie keine Farben und keinen Pinsel angerührt.

Auf das Entwerfen von Mode hat sie verzichtet.

Sie war in psychiatrischer Behandlung.

Ich komme täglich.

Nehme Platz in dem Sessel.

Ihr Vater hat sich an seinem Gürtel im Fenster erhängt, und sie hat versucht, ihn abzuschneiden.

Ihre Mutter wurde nach Treblinka geschafft.

Der Großvater hat einen guten Tod gehabt, seine Töchter hatten Gift aufgetrieben.

Das ganze Leben lang war Marcel, ihr Mann, bei ihr

und erzählte ihr Bücher oder las Gedichte vor. Marcel erzählt vorzüglich.

Geheiratet haben sie, als die Transporte nach Treblinka begannen.

Sie greift nach der Handtasche. Zückt den Lippenstift und beginnt sich zu schminken. Sie schaut nicht in den Spiegel. Prüft nicht das Ergebnis. Ihre Hand vollführt mehrmals eine kreisrunde Bewegung und hinterlässt einen grellroten Fleck im Gesicht.

Beruhigt, dass sie ein gesundes Aussehen hat, steckt sie den Lippenstift weg und lächelt mir heiter zu: Tja, was könnte ich dir noch erzählen?

November 1999. Toruń

Der Großvater – Mjednoje. Die Mutter – Kasachstan. Eine schöne Kindheit, ein bisschen langweilig. Polonistik. Herbert, der verbotene Barańczak…

Man betraut sie mit dem Austragen von illegalem Material.

Vater ihrer Tochter ist ein Kumpel, der auch austrägt.

August.

Internierung. Rückkehr, Haussuchung, Vater ihres Sohnes ist ein Kumpel, der druckt.

In der Arbeitsvermittlung geben sie ihr das Putzen von Schulen. In Ordnung.

Wahlen. Die Kameraden aus dem Untergrund werden Abgeordnete und Minister. Sie bieten ihr verschiedene Posten an. Sie lehnt ab.

Lässt sich als Ein-Mann-Firma eintragen. Kauft einen Satz Schrubber, Scheuerlappen und Eimer.

In Ordnung, das mit der Firma.

Montag. Putzen der Pizzeria in Kurzversion, nur unten, und die Geodätenbüros, die Fußböden mit Sidolux. Sie will früher nach Hause, die zugelaufene Hündin soll werfen.

Dienstag. Die Pizzeria, volle Version, oben und unten, die Ärztegenossenschaft mit Brio im Wasser. Sie füttert die herrenlosen Katzen. Die Hündin beginnt zu jaulen.

Dienstagabend.

Ich such eine Stadt wo die Zeit gebannt ist

umgestülpt eine blaue Schale
und darunter endlos Sonntagmorgen...

Mittwoch. Die Genossenschaft, Abreiben der Schreibtische. Achtung. Holz wischt man längs zur Maserung, niemals quer. Das ist wichtig, bei quer bleiben Streifen. Acht Welpen. Sie hat sie mitsamt der Hündin in die Wohnung genommen, nachts wirds schon kühl. Die Wohnung, das ist ein Wirtschaftsraum am Rande der Stadt.

Mittwochabend.

... endlos Sonntagmorgen...
keinem fehlt es an Wärme und Brot
das Pendel treibt im Kreis nicht die Zeiger...

Donnerstag. Ein Privathaus. Der Besitzer, ein älterer Herr, sagt: Ein leichtes Leben? Ist es uns wirklich darum zu tun? Das gibt ihr zu denken für den Rest des Tages. Privatwohnungen hat sie gern, weil die Leute erzählen. Man erzählt schnell jemandem was, der die Fenster putzt, einem also den Rücken zukehrt.

Donnerstagabend.

... im Kreis nicht die Zeiger...
Keiner hat Angst vor dem Morgen,
denn es gibt keine Nacht...

Freitag. Die Wechselstelle, die Pizzeria, sie denkt weiter nach über das leichte Leben und ob es wirklich darum geht. Sie kommt früher heim, weil der Herr Tadzio, ein Bekannter, seine Arbeit losgeworden ist. Zum Glück hat er was Neues gefunden, das Kleben von Kartons. Er wird früh um vier aufstehen, von ihr hat er es näher zum Bus. Längere Zeit blickt sie sich in der Wohnung um, wo sie Herrn Tadzio unterbringen könnte.

Samstag. Sie mag die Samstage, dann putzt sie in einem hundert Jahre alten Mietshaus. Dort hat Frau Natalia gewohnt, die es verdross, dass sie am Sonntag arbeitet und ihre Tochter eine Irokesenfrisur trägt. Der Irokese ist orangefarben und unterscheidet die Tochter von den Skins. Die Skins schreien *Sieg Heil** und die Tochter *Polen für alle.* Nach dem Tod von Frau Natalia putzte sie die Fenster am Sonntag, sie taumelte und wäre fast gestürzt. Aha, Natalia ist unzufrieden, dachte sie bei sich und putzt seither an den Wochentagen. Achtung. Niemals direkt auf die Scheiben spritzen, sondern auf einen nassen Lappen, einen aus Viskose am besten.

Samstagabend.

Dir schenkte man zur Erleuchtung andere Wunder
den spröden Reiz des Unkrauts und der Ratte Klugheit
und den bittren den prickelnden Geschmack des
Dunkels...

Sie fragt, ob ich nachts zur Toilette muss.

Wenn ja, dann müsse ich zwischen dem Bett, in dem sie und ihr Sohn schlafen, und dem Sessel durch, auf dem der Herr Tadzio schläft. Wollen wir hoffen, dass der Herr Tadzio keinen epileptischen Anfall kriegt, aber seit er bei ihr ist, hat er keine Anfälle mehr. In der Küche muss ich zwischen dem Ausguss und der Kiste mit den Welpen durch. In dem Etwas, das sie Badezimmer nennt, zwischen den herrenlosen Katzen und dem Klobecken.

Geht in Ordnung.

Ich zwänge mich zwischen den Katzen, den Welpen, der Hündin, Herrn Tadzio, dem Kind und ihr durch, ohne jemanden aufzuwecken.

Sonntag. Ich habe alles bekommen, worum Kordian auf dem Mont Blanc gebeten hat: Freiheit und eine große Idee. Das sagt sie zu mir beim Frühstück.

* im Original deutsch

Ich traue mich nicht, hinzuzufügen, sie habe mehr bekommen als Kordian für sich erbeten hat, nämlich noch Scheuerlappen, einen Satz Schrubber und einen Eimer.

Oktober 1999...

Eine Krankenschwester aus New York ruft an und fragt, ob sie abschalten darf.

Aus dem weiteren Gespräch geht hervor, es handelt sich um die Apparatur, die die Patientin am Leben erhält.

Der Mann, der den Anruf entgegennimmt, wundert sich nicht, dass man ihn fragt.

Er zögert nicht.

Sagt: abschalten.

Setzt hinzu: Ich hab ihr zum Leben verholfen, dann verhelf ich ihr jetzt zum Tod.

Ich verstehe nicht, sagt die Krankenschwester in New York.

Müssen Sie auch nicht, sagt der Mann und legt den Hörer auf.

Er stellt das Bild einer jungen Frau ins Regal.

Lächelt ihren blinzelnden Augen zu. Den Zöpfen, die man auf dem Bild nicht sieht, weil sie sie hinten hochgesteckt hat. Dem fülligen Hals, der unter dem unförmigen Militärmantel verborgen ist.

Er sagt: Alles, was ich vom Leben weiß, hab ich von ihr.

Das Leben kann man erlernen wie andere Dinge. Wie die Medizin zum Beispiel.

April 1999. Warschau

Ich vermute, er hatte den Weg benutzt.

Es gab zwei Wege, den von Bukowina Tatrzańska* und den von Groń*. Er war nicht außer Atem, also den von Groń, den ebenen.

Wir hatten ihn nicht kommen sehen, weder ich noch der Philosophieprofessor. Der Professor war im übrigen mit den Gedanken anderswo, bei einem anderen Weisen. Wenn uns die Welt missfällt, müssen wir uns ändern, denn die Welt ist in Ordnung, kommentierte er den Weisen, und genau da trat dieser Mann zwischen den Bäumen hervor.

Er war alt. Hatte eine Adlernase und trug die Góralentracht – gestickte weiße Hosen, weiße Pelerine über der Schulter, Hut mit Muschelkranz. Er sah, ehrlich gesagt, ziemlich kitschig aus.

Er schaute sich nicht um.

Hatte es nicht eilig.

Suchte niemanden.

Er strebte auf den Professor zu.

Verzeihen Sie vielmals, er verbeugte sich. Ich würde gern etwas fragen.

Bitte sehr, erwiderte der Professor ebenso höflich und lächelte ermunternd.

Gibt es einen Gott?

Dem Professor war nicht danach, über Gott zu reden.

* Orte in der Nähe von Zakopane in der polnischen Hohen Tatra (Anm. d. Übers.)

Was mich betrifft, ich weiß es nicht genau, aber in dieser Sache hat die Dame hier die neuesten Nachrichten.

Meine Nachrichten interessierten den Góralen nicht. Er würdigte mich kaum eines Blicks. Er ließ die Augen nicht von dem Professor.

Ah ja, sagte er bekümmert. Sie meinen also, es gibt keinen Gott. Verzeihen Sie.

Er lüpfte den Hut. Wandte sich zum Gehen...

Wer war das? fragte der Professor.

Ich weiß nicht. Wie es aussieht, Gott.

Als Górale verkleidet?

Als was soll er sich sonst verkleiden, in der Tatra?

Und er käme so ohne jedes Zeichen? Der Professor staunte noch mehr. Keine plötzliche Helle, keine Finsternis. Zumindest ein Hund hätte aufheulen können, ein Vogel über uns kreisen..., scherzte er, während er dem Mann nachblickte.

Der Wald war licht, wir sahen ihn zwischen den Bäumen, und dann, weiter weg, in den Wiesen.

War es so? fragt unsere Freundin, bei der wir das österliche Frühstück einnehmen, dreißig Jahre nach Bukowina. Sie ruht auf dem Sofa, abgemagert, verlegen wegen ihrer Krankheit und ihrer Schwäche. Nur ihre Augen sind die alten, schwarz, blitzend vor Wissbegier.

Ja, Leszek, war es so?

Sie fragt ungläubig, obwohl ich es ihr so viele Male erzählt habe.

Der Professor bezeugt es.

Und wer war das?

Die Dame hier hat die neuesten Nachrichten in der Sache...

Wir lächeln, trinken, wir sind eben zu Besuch.

Einen Monat später wird unsere Freundin ihrem Mann beibringen, wie man eine Fleischbrühe kocht.

Jetzt stirbst du mir nicht mehr vor Hunger, wird sie sagen, ich kann ruhig krank sein, und geht ins Spital.

Sie rufen von der Zeitung an und bitten um ein paar kurze Worte über sie. Wie immer, wenn jemand Wichtiges stirbt oder jemand Berühmtes oder jemand, den alle lieben.

Die kurzen Worte beginne ich mit »Seit zwanzig Stunden ist sie nicht mehr da. Sie weiß inzwischen alles: was hier los ist, was dort, und ob es Gott tatsächlich gibt. Sie hat, was sie am meisten liebte, die neuesten Nachrichten in dieser Sache...«

März 1999. Norwood

Die Einwohnerin von Norwood bei Boston schiebt die Becher und Strohhalme zum Steigenlassen von Seifenblasen zur Seite.

Sie setzt sich an den Computer.

Stellt fest, sie hat schon hundertzehn Briefe an mich geschrieben.

»Es ist Dienstag, und dies ist mein hundertelfter Brief an Sie. Wissen Sie, ich denke nicht besonders viel. Ich denke, wenn ich was schreiben will. Oder umgekehrt. Ich schreibe, wenn ich wissen will, was ich eigentlich denke. Sie halten mich für unglücklich? Ich bitte Sie! Es durchschauert mich vor Glück, wenn mein Sohn das allereinfachste Wort versteht«.

März 1999. Norwood

Die Einwohnerin von Norwood schreibt mir über den Obstgarten bei Tarnowskie Góry. Ihre Mutter beginnt mit den Aufräumarbeiten fürs Frühjahr.

Die Einwohnerin von Norwood weiß noch, wie süß und saftig die Pfirsiche dort waren.

In die amerikanischen Früchte verirrt sich manchmal eine Spur von Geschmack. Wohl um einen unbarmherzig daran zu erinnern, wie ein richtiger Pfirsich zu sein hat.

Januar 1999. Norwood

Die Einwohnerin von Norwood schreibt mir über Seifenblasen.

Ihr dreijähriger Sohn wusste nicht, wo er seine Augen, seine Nase hatte, er wiederholte keine Laute. Eines wusste er: wo das nächste Seifenwasser war. Wenn er einen Strohhalm und einen Becher bekam, wenn die erste Seifenblase aufstieg, war er glücklich. Der Arzt sagte: Ich weiß, womit wir ihn belohnen. Haben wir die Macht über die Seifenblasen, haben wir die Macht über das Kind. Wir gründen die Behandlung auf die Seifenblasen.

September 1998. Norwood

Sie schreibt von einem Gewitter. Bald zieht es auf, bald zieht es ab.

Die Eichhörnchen sind durcheinander, auf der Straße lagen mehrere überfahrene.

Am Morgen wurde ihr schwindlig. Sie ist gestürzt und fing an zu weinen. Ihr Sohn schmiegte sich an sie, wollte etwas sagen, aber er konnte nicht.

Und sonst, und sonst... Irgendwas hat sie schreiben wollen, macht nichts, vielleicht ein andermal.

Richtig, der Rhododendron blüht noch.

Was mit den Apfelbäumen in dem Obstgarten ist?

Sie kann sich nicht an sie erinnern, merkt sie, weder mit Früchten noch wie sie blühen.

So was, schreibt sie, ich erinnere mich nicht an unsere Apfelbäume, halten Sie das für möglich?

August 1998. Norwood

Ihr Sohn hat die Sonne entdeckt.

Er ist aus dem Becken hochgetaucht, hat geschrieen *tan* und den Arm zum Himmel gestreckt. Sie hat ihn verbessert: *sun.* Er wiederholte: *sun*. Er tauchte wieder unter, kam hoch und rief: *sun*. Und guckte sie an, um sich zu vergewissern, ob auch sie sie sieht.

Stellen Sie sich vor! Mein Sohn hat die Sonne entdeckt!

Mai 1998. Norwood

Die Einwohnerin von Norwood ist betrübt: Ich erkundige mich nach ihrem Sohn, nie nach Amanda.

Wie geht es Amanda?

Wie immer. Sie ist die letzte im Schulbus. Von der ersten Klasse an, seit vier Jahren.

Die Einwohnerin von Norwood schaut der Tochter und ihren Kameraden jeden Morgen zu. Die Kameraden drängeln, um schneller hineinzukommen und einen guten Platz zu ergattern. Amanda steht ruhig da, wartet ab und steigt als letzte ein.

Die Einwohnerin von Norwood macht sich Sorgen wegen dem Bus. Nicht weil sie an die polnische Straßenbahn, die Einundzwanzig, denkt und wie wichtig es war, mit ihr nach Hause zu kommen. Sie macht sich Sorgen, weil der Kampf um einen Platz im Schulbus der erste Wettlauf um einen Platz im Leben ist. Die amerikanischen Kinder kämpfen schon, und Amanda wartet ab.

Amanda spielt Klavier, sie malt hübsch, tanzt schön und liest eine Menge Bücher. Noch nie hat sie sich zu einer *talent-show* gemeldet, um zu zeigen, was sie kann.

Die Welt ist ein Wettkampf. Was soll in dieser Welt aus Amanda werden?

April 1998. Norwood

Joan, eine amerikanische Freundin, ist gestorben. Sie hatte auch ein autistisches Kind. Sie ging joggen. Hielt Diät. Schnitt die Lebensmittelgutscheine aus den Zeitungen aus und trug sie geordnet in ihrer Brieftasche. Auf die Art sparte sie viel Geld. Sie starb plötzlich, an einem Schlaganfall.

Eine andere Freundin hat angerufen, Jill. Sie sagte: Ich hab mich verliebt. In wen? In eine Frau, ich möchte, dass wir heiraten. Sie verdient nicht viel, sie schlägt die Trommel im buddhistischen Tempel.

Februar 1998. Norwood

Sie hat Kathy zum Hühnchen eingeladen.

Die Frau Korbusowa aus der Morcinek-Straße, in Dąbrowa Górnicza, hat sie mit Gemüsesuppen durchgefüttert. Immer, wenn sie Kathy einlädt, muss sie an die Frau Korbusowa denken. Sie hat sie kaum gekannt, bis auf diese Suppen.

Sonst noch was?

Ich soll mir um den Kater Luis keine Sorgen machen.

Er wird es sehr gut haben, kann sie mir versichern.

Dezember 1997. Norwood

»Mein Sohn war befreundet mit Luis, dem Kater unserer Nachbarn. Jeden Morgen, bevor der Bus kam, der ihn in die Sonderschule bringt, wartete er auf den Kater. Nicht mal Seifenblasen wollte er steigen lassen! Mein Sohn kann weder singen noch sprechen, darum tanzte und hopste er, um Luis zu erfreuen. Ich möchte der Familie Ramsey danken, dass sie Luis erlaubt hat, mit meinem Sohn zu spielen. Ich vermag wirklich nicht zu sagen, wie viel uns diese Freundschaft bedeutet hat«.

(Aus einem Brief der Einwohnerin von Norwood an die Redaktion des »Daily Transcrit«, der Lokalzeitung des Naponset-Tals.)

November 1997. Norwood

Im Vogelreservat Stony Brook hat ihr Sohn eine Pusteblume gepflückt. Einfach so, wie andere Kinder. Hat sie gepflückt, gepustet und beobachtet, wie der Flaum aufstieg. Eine zweite Pusteblume hat er nicht mehr pflücken können.

Unterwegs sind sie auf einer Weinfarm eingekehrt. Sie hat nach Johannisbeerwein gefragt. Man hat sie nicht verstanden.

Tante Ola hat immer Wein aus Johannisbeeren gemacht und Vater welchen aus Hagebutten.

Tante Ola war Vaters Schwester. Sie war auf ihre Schönheit bedacht, färbte sich das Haar mit Walnusstinktur schwarz. Es gab Gerüchte, sie sei die Tochter des Pfarrers. Kinder kann ein Pfarrer haben, aber Enkel darf er nicht haben, deshalb war die Tante kinderlos.

Die Hagebutten sammelten sie am Weg nach Wojkowice. Sie müssen leicht überfroren sein. Die Früchte sind glitschig, sitzen fest an den Zweigen, man kann sich beim Pflücken blutig reißen.

Den ganzen Abend hat sie an die überfrorenen Hagebutten, die zerkratzten Hände und den kalten Wind auf dem Weg nach Wojkowice gedacht.

November 1997. Norwood

Luis zieht aus!

Der Vorstand hat den Vertrag mit den Ramseys nicht verlängert. Sie zahlen neunhundert Dollar für eine Wohnung, für die man tausendzweihundert bekommen kann.

Darum war Luis in letzter Zeit so gestresst.

Die Einwohnerin von Norwood wird einen Brief an die Zeitung schreiben, in dem sie sich bei den Ramseys bedankt.

Juli 1997. Norwood

Im Park von Harvard wuchs eine Korkeiche. Sie war an die zweihundert Jahre alt, hatte einen parallel zur Erde verlaufenden Ast, verlockend wie eine Bank im Schatten, wenn es heiß ist. Irgendwelche Kinder kletterten hinauf, und der Baum brach. Die Leute weinten vor Kummer, aber die Einwohnerin von Norwood denkt, es waren nicht die Kinder, es war der Herr Stefan, ein Programmierer aus Polen. Er ist sechzig Jahre alt und hat eine junge Frau, eine Peruanerin. Bestimmt wollte er ihr imponieren und ist raufgeklettert.

Der Herr Stefan hat sie einmal zu sich eingeladen, mit ihrem Sohn.

Sonst lädt niemand sie ein. Hier leben religiöse Leute, sie würden sich niemals scheiden lassen, und sie haben viele Bücher. In ihr Haus allerdings, zu ihren normalen Kindern, lassen sie kein autistisches Kind.

Darum verzeiht die Einwohnerin von Norwood dem Herrn Stefan den gebrochenen Baum und das Imponiergehabe vor der Peruanerin.

Juni 1997. Norwood

Die Einwohnerin von Norwood, ihr Sohn und der Kater Luis, alle drei waren sie am Strand. Das Meer war kalt, aber die Frauen trugen Badeanzüge. Die Einwohnerin von Norwood konnte den Badeanzug nicht anziehen, weil sie die Beine nicht rasiert hatte. Alle Amerikanerinnen rasieren sich die Beine. Die Frauen, die das nicht tun, suchen Schutz bei einer Sekte in Florida und rechtfertigen sich mit der Rückkehr zur Natur. Ohne Ideologie lässt sich gar nichts erklären, nicht einmal unrasierte Beine.

April 1997. Norwood

Lernen, das ist für ihren Sohn wie eine Wanderung auf einer Landstraße. Keine Ampeln, keine Verkehrszeichen. Überall Hinterhalte und feindliches Chaos. Nach Tausenden von Versuchen kennt er von ihr gerade mal einen Millimeter.

Über das Tal des Naponset sind Regenfälle niedergegangen. Nun ist es schwül. Trotzdem ist sie zur Universität gefahren. Sie haben zu viele Studenten angenommen und suchen Lehrkräfte. Sie möchte zur Mathematik zurück und ist zu dem Assistenten ins Zimmer, um ihm das zu sagen. Der Assistent saß am Schreibtisch und aß sein Naturkostfrühstück. Sie bemerkte die Überraschung in seinen Augen, dick und in ihrem Alter, mit so einer hatte er nicht gerechnet. Sie wusste gleich, aus der Stelle wird nichts, als sie diese Joghurts, diese Kantalupen auf dem Schreibtisch sah. Und tatsächlich.

März 1997. Norwood

Die jüdischen Nachbarn haben jetzt ihren Feiertag, Purim. Der Einwohnerin von Norwood kommt es vor, als hätte das was mit der Esther aus der Bibel zu tun, aber sie ist sich nicht sicher.

Sie erzählt von einem Ereignis, das viele Jahre zurückliegt.

Sie war im Sanatorium. Die Kinder der schlesischen Diözese hatten ihre Erstkommunion früher als die Kinder aus Zagłębie*, und so musste die künftige Einwohnerin von Norwood ihre Zimmerkameradin, eine Schlesierin, in Religion abfragen.

Was für eine Nationalität hatte die Muttergottes? fragte sie, obwohl sie das in Religion nicht durchgenommen hatten. Sie war Polin. Nein. Deutsche? Auch nicht. Weißt du, was sie war? Jüdin, das hat mir Papa gesagt.

Die Stille des Sanatoriums zerriss der Schrei eines Menschen, dem sich Satan gezeigt hat. Laut weinend rannte die Zimmerkameradin zu Klosterschwester Gudelia, um sich zu beschweren. Damals ging der künftigen Einwohnerin von Norwood zum ersten Mal auf, dass mit den Juden was nicht stimmt. Sie nahm sich vor, sich mit ihnen zu befassen, trotzdem weiß sie nicht, was das Purimfest ist. Es hat wohl doch was mit Esther zu tun, der persischen Königin.

* Industriegebiet und Steinkohlerevier in Polen, dessen Zentrum lange die Stadt Dąbrowa Górnicza war. Zur Zeit der polnischen Teilungen gehörte die Region zu Russland, während das angrenzende Oberschlesien zu Preussen gehörte. (Anm. d. Übers.)

Februar 1997. Norwood

Die künftige Einwohnerin von Norwood war ein sehr einsames Kind. Sie hinkte, durch die Kinderlähmung, hatte einen strengen Vater und brachte mehrere Monate im Jahr im Sanatorium zu.

Danach war sie ein einsames Mädchen und las Bücher. Lévi-Strauss, Husserl, Kant und allerhand andere.

Wozu hat sie eigentlich so gelesen?

Hat sie geglaubt, aus Büchern ließe sich ein zusammenhängendes Universum bauen?

Sie versucht, mit ihrem Mann darüber zu reden.

Was müsste ich deiner Meinung nach eigentlich tun? fragt der Mann.

Januar 1997. Norwood

Vor langer Zeit, in Dąbrowa Górnicza, gingen drei angetrunkene Männer hinter ihr her und bemitleideten sie wegen ihrem Bein. Dass es kürzer ist. Dass es dünner ist. Dass wegen ihm alles im Leben schiefgehen wird. Sie hatten so viel Mitgefühl, und sie waren so ernst, dass sie sich ins Bett legte und eine ganze Nacht lang weinte.

Neulich unterhielten sich zwei Gentlemen in Boston über das Bein. Sie trug schwarze Strumpfhosen, und der eine überlegte, ob das kürzere Bein echt sei. Ach was, künstlich, sagte der andere, sie haben die Prothese bloß schlecht angepasst. Das versetzte sie in die beste Laune.

Damals Verzweiflung, jetzt Heiterkeit.

Warum, fragt sie sich.

Die Männer in Dąbrowa stammten aus ihrer eigenen, also der wirklichen Welt. Die Männer in Boston von außerhalb.

Ist es das?

Ist sie selbst jetzt vielleicht außerhalb von allem?

Dezember 1996. Norwood

Sie ist böse auf Nadira, die Nachbarin.

Sie kommt aus Kalkutta. Hat einen Sohn geboren. Als sie erfuhr, dass er autistisch ist, sagte sie: Warum hat Gott gerade mich so gestraft?

Jede Mutter, die erfährt, dass ihr Kind autistisch ist, weint, als sei jemand gestorben. Das ist die Trauer. Um ein ersehntes und verlorenes Kind. Manchmal dauert sie Jahre.

Nadiras Sohn entwickelt sich sehr gut, aber er weiß sich mit seiner Mutter keinen Rat, die seit vier Jahren um ihn weint.

November 1996. Norwood

Sie hat von ihrem Bruder geträumt. Nach der Trennung von seiner Braut sagte er: Jetzt möchte ich ganz still sterben. Er starb an Bluthochdruck, ein paar Wochen später.

Er besaß zwei Paar abgewetzte Hosen, eine Elektrowerkstatt und viele Schulden.

Er freundete sich mit dem Gerichtsvollzieher an, der gekommen war, um seine Maschinen in Beschlag zu nehmen.

Er ertrug kein Mitleid. Gereizt hörte er sich die Geschichte über die alte Frau im Laden an. Die bat um billige Wurst, zählte das Geld ab, hatte zuwenig. Sie bat um eine kleinere Portion, zählte wieder das Geld ab und hatte zuwenig... Der Bruder wurde ungeduldig: Weißt du nicht, was du hättest tun müssen? Dich bücken, dein eigenes Geld vom Boden aufheben, sagen – das ist Ihnen heruntergefallen, und den Laden verlassen.

Ihr Bruder hat wirklich gefühlt. Sie hat immer überlegt, was sie fühlen soll.

November 1996. Norwood

Ihre Mutter hat angerufen. Sie saß an einem Kreuzworträtsel und fragte, wer »Das Hüpfspiel« geschrieben hat. Mit acht Buchstaben, setzte sie hinzu, und es war zu hören, wie sie mit dem Bleistift aufs Papier klopfte.

Die Einwohnerin von Norwood wusste noch, dass es ein Latino war, aber der Name war ihr entfallen.

Ich komm gleich drauf, sagte sie und fragte, was die Mutter den Tag über gemacht habe.

Pfirsichkonfitüre hatte sie gekocht. Es gab viel Pfirsiche dieses Jahr, ganze Körbe hatte sie an die Nachbarn gegeben.

Sie fragte nach den Kartoffeläckern, ob sie dort schon das Kraut verbrannten.

Die Mutter sagte, sie fangen damit an, ihr Fenster steht offen, und sie riecht den Rauch von den Feuern. Du weißt also nicht, wer dieses »Hüpfspiel« geschrieben hat, fragte sie ungeduldig.

Doch, Cortázar, sagte die Frau aus Norwood.

Sie legte den Hörer auf.

Machte sich an den Kürbis für ihren Sohn, für Halloween. Die Augen gerieten ihr klein und finster, den Mund verzog eine ironische Grimasse.

Man sieht gleich die Emigrantin, befand ihr Mann.

Dem Sohn gefiel der Kürbis.

Allmählich verflüchtigten sich die Rauchschwaden von den Kartoffeläckern und der Duft gebackener Kartoffeln, vermischt mit Pfirsichkonfitüre.

Oktober 1996. Norwood

Ihr Mann ist gefeuert worden.

Er hockt zu Hause und studiert die Anzeigen im »Boston Globe«.

Das Telefon schweigt. Die Kollegen aus der Firma rufen nicht mal an, um zu fragen »Wie gehts?« Zehn Jahre haben sie zusammen gearbeitet.

Sie erzählt ihrem Mann von Dąbrowa Górnicza.

Von ihren Kolleginnen, die mit *Żubrówka* angerannt kamen, wie sie aus dem Gefängnis kam. Alle, die Genossinnen, die von der »Solidarność« und die von der Fachgewerkschaft.

Sie unterrichtete in den oberen Klassen. In den unteren unterrichtete ihre Freundin, Krystyna. Krystynas Mann war bei der Miliz. Während des Kriegszustands kam er sie verhaften.

Der Fernseher ist kaputt. Ihr Mann sagt, irgendwas ist immer kaputt, wenn der Kater Luis zu Besuch war.

Als sie aus dem Gefängnis kam, hat der Mann von Krystyna, dieser Milizionär, mehrere Stunden lang ihren Fernseher, die Wasserhähne und die Steckdosen repariert. Wie halt ein Nachbar.

Was willst du damit sagen, fragt ihr Mann.

Oktober 1996. Norwood

Im Naponset-Tal gibt es wunderschönes Laub im Herbst. Sie erinnert sich nicht, dass es so was in Zagłębie oder in Schlesien gegeben hätte. Nicht mal an Bäume erinnert sie sich, die haben sie gefällt, wie sie die Hütte »Katowice« bauten. Die Vögel zogen damals alle nach Gołonóg, in die Nähe der Schule. Dort stand noch was an alten Bäumen – Linden, Maulbeerbäume, Eschen und Trauerweiden. So gut wie nichts, aber wenn man ein obdachloser Vogel ist, nimmt man auch damit vorlieb. Sie machten einen Heidenlärm, aber im Herbst verzogen sie sich irgendwohin oder flogen fort.

Nach ihrer Ausreise aus Polen träumte sie ein paar Jahre lang vom Schrank ihres Vaters. Er hatte einen verglasten Mittelteil, mit Büchern, und zwei Holztüren, die abgeschlossen waren. Sie träumte, hinter diesen Türen befänden sich sehr wichtige Dinge, die sie vergeblich suchte.

Ihr Vater war der letzte in der Familie, der alles gewusst hat, nur hat sie ihn nach nichts gefragt.

Sie las Bücher. Lévi-Strauss, Husserl, Kant las sie und hatte keine Zeit für Gespräche mit dem Vater.

September 1996. Norwood

Die Einwohnerin von Norwood liest in einer amerikanischen Zeitung von Menachem Mendel, dem Zaddik von Lubawicze. Der fand, die Juden sollten Polen verlassen, dieser Boden sei für sie auf immer verloren.

Die Worte des Zaddiks erfüllen die Einwohnerin von Norwood mit Erstaunen, Empörung und Trauer.

Polen? Verlorener Boden?

Und Dąbrowa Górnicza? Und Reden? Und Wojkowice?

Da überkommt sie ein Gedanke: Sollte nicht eher sie endlich Dąbrowa, Reden, Wojkowice, Myszkowice und Gołonóg verlassen? Und die Linie Einundzwanzig?

Hören Sie, schreibt mir die Einwohnerin von Norwood in ihrem Brief, der Rebbe hat ja zu mir gesprochen und nicht zu seinen Juden!

Juni 1996. Florenz

Schulim kam aus Przemyślany nach Florenz. Sein älterer Bruder, ein Talmudlehrer, fand für ihn eine gute Frau und eine gute Arbeit. Die Frau war die Tochter des Turiner Rabbiners. Die Arbeit war in einer Druckerei, die am Sabbat nicht druckte.

Schulim und Anna wurde Sissel geboren. Sie hatte goldene Locken und ein süßes Gesichtchen, dem von Shirley Temple ähnlich. Zu jener Zeit sahen viele süße kleine Mädchen Shirley Temple ähnlich.

Als Sissel acht Jahre alt war, schafften sie die Familie nach Auschwitz. Der Transport hatte die Nummer 07. Der Zug fuhr sechs Tage, die erste Selektion nahmen sie an der Rampe vor. Anna und Sissel gingen direkt von der Rampe weg ins Gas. Den Drucker Schulim brachten sie ins Lager Płaszów, dort druckte er falsche englische Pfund für deutsche Spione. Vor dem Krieg war er ein guter Schwimmer gewesen, jedes neue Jahr hatte er mit Sprüngen vom Ponte Vecchio in den Fluss begrüßt, er war abgehärtet und stark. Er überlebte das Lager und ging zurück nach Italien.

Albana lernte er auf dem Chanukkaball kennen.

Es war das erste Chanukkafest nach dem Krieg, der Ball fand im Hotel »Baglioni« statt, das sehr vornehm war.

Schulim und Albana tanzten die ganze Nacht.

Damals tanzte man Tänze aus der Zeit vor dem Krieg, Walzer, Tango und Charleston.

Der Philosoph hat gefragt, ob man nach Auschwitz Gedichte schreiben kann.

Man kann.

Ob man nach Auschwitz tanzen kann, hat er nicht gefragt.

Klar kann man.

Nach dem Chanukkaball begab sich Schulim zum Rabbiner von Turin, Annas Vater. Er sagte, er wolle heiraten.

Was soll ich dir darauf sagen? entgegnete der Rabbiner. Schulim verstand das als moralische Billigung.

Als Albana schwanger war, teilte ihr Schulim mit, die Tochter werde Sissel heißen. Albana erschrak und bekam einen Sohn.

Als der Sohn von Albana und Schulim heiratete, wünschte er sich eine Tochter und hatte schon einen Namen für sie, aber auch seine Frau erschrak. Sie bekam einen Sohn. Er lebt in Israel. Er fragt nach nichts, fürchtet sich vor nichts. Nicht einmal vor dem Namen Sissel.

Der Sohn von Albana und Schulim ist Verleger, er leidet an Depressionen, besucht Psychoanalytiker und schreibt Verse über seine Schwester.

Hätte sie überlebt, würde sie das graue Haar heute blond färben, hätte Kummer mit den Enkeln und gehöriges Übergewicht. Sie säße mit uns in dem Café in Florenz und tränke Espresso.

Der Sohn von Albana und Schulim glaubt an die Unsterblichkeit der Seele und daran, dass Sissel goldene Locken hat und acht Jahre alt ist.

Bald werden sie sich treffen.

Sissel wird auf ihn warten. Sie wird dem dicken, kahlköpfigen Mann entgegenlächeln und sagen: Ach du bist Daniel.

August 1995. Warschau

Er war aus Kanada hergekommen.

Da, das hier ist mein Leben, erklärte er und legte ein dickes Manuskript vor mich hin.

Sie kommen von überall her, am liebsten im Sommer.

Mit Stapeln von Blättern.

Mit immer der gleichen feierlichen Formel: Da, das hier ist...

Kommen Sie in einer Woche wieder, sagte ich.

Als alles begann, war der Gast aus Kanada sechzehn Jahre alt. Ein gutes Alter, zum Überleben das beste. Ich weiß das, ich habe über solche geschrieben.

Der eine hatte die Trommel des Hausmeisters vom Magistrat in Erinnerung behalten. Der Hausmeister fing an zu trommeln und gab bekannt, am nächsten Tag sollten die Juden... Der Vater des Jungen sagte: Wir gehen zusammen, ich werd wissen, wie meine Kinder gestorben sind. Darauf rief der Junge, so ein Sechzehnjähriger, mit dem die Eltern den meisten Ärger hatten: Ich will nicht wissen, wie ihr sterbt, ich lebe lieber. Er verließ das Haus und setzte sich in Bewegung.

Ein anderer hatte die Küche in Erinnerung behalten, am letzten Abend, vor der Umsiedlung. Die Erwachsenen machten Feuer unter der Herdplatte. Setzten sich an den Tisch. Sie wollten etwas beschließen. Am Morgen schaute der Junge zu ihnen hinein. Sie saßen am Tisch, im Finstern, reglos... Der Junge machte die Tür zu und setzte sich in Bewegung.

Der Ankömmling aus Kanada ist da, um mich zu fragen, was sich mit seinem Leben anfangen ließe. Ob man es, zum Beispiel, in einem Buch beschreiben kann.

Ich erzähle ihm von seinen Altersgefährten. Von dem Jungen, der nicht erfahren wollte, von dem Jungen, der...

Entschuldigen Sie bitte, fällt er mir ins Wort. Ich möchte gern erfahren, ob Sie über mich schreiben werden.

Ich blättere in dem Manuskript.

Hier, das ist eine gute Szene. Auf dem Fuhrwerk.

(Sie fuhren zur Bahnstation. Ältere Leute, junge Mädchen, der Junge und der Rabbi. Der Rabbi sagte leise: Jetzt kommt gleich Wald, jetzt springt... Die Alten schwiegen. Die Mädchen fingen an zu weinen. Der Junge sprang und rannte in den Wald. Er hörte, wie sich das Rattern der Räder entfernte. Die Fuhrwerke mit den Juden fuhren zur Bahnstation.)

Eine gute Szene, sage ich wieder. Einprägsam. Aussagestark.

Also was? fragt der Kanadier.

Also nichts. Habe ich schon geschrieben. Bitte bringen Sie den Text ins Archiv, irgendwann wird ihn jemand lesen.

Mein Gast hat nicht vor zu warten, bis jemand irgendwann...

Er hebt die Stimme: Hier ist alles drin. Sehen Sie nicht, dass hier alles drin ist? Ich bleibe allein zurück. Fliehe. Sie schnappen mich. Schaffen mich weg. Ich komm ins Lager. Fliehe. Verstecke mich. Das ist Ihnen noch zuwenig? Das ist Ihnen nicht genug?

Es ist genug. Genug für ein Leben. Für ein Buch ist es zuwenig. Ich schreib Ihnen die Adresse des Archivs auf.

Wie du mit ihm geredet hast! sagt J., als der Gast aus

Kanada gegangen ist. Bricht dir nicht das Herz, wenn du so mit ihm redest?

Es bricht mir nicht, sage ich voll Stolz, der etwas kindisch ist.

Ich rechtfertige mich. Ich könnte nicht schreiben mit gebrochenem Herzen.

Nichts ist heiler als ein gebrochenes jüdisches Herz, hat Mendel von Kock gesagt, aber J. kennt, zum Glück, die jüdischen Zaddikim nicht.

(Die Geschichten, die Jene, die überlebten, erzählen, haben ihren Anfang, ihre Mitte und ihr Ende. Das Ende ist eine Tatsache, die sie selber verwundert: dass sie leben.

Auch die Kinder und Enkel Jener versuchen zu erzählen, aber es sind Geschichten ohne Mitte und ohne Anfang. Sie enden dort, wo sie beginnen müssten.

Ehrlich gesagt – es sind gar keine Geschichten.

In Montreal – über den Großvater.

Dass er Auschwitz überlebte, nach Kanada ausreiste, es zu etwas brachte, seinen Kindern eine Ausbildung gab. Als er das alles bewältigt hatte, besuchte er Polen. Er mietete einen Wagen mit Chauffeur und ließ sich nach Tarnów fahren. Er trug einen eleganten Anzug und in einem Samtbeutelchen einen seidenen Tallit. In der Tasche hatte er ein gesticktes Käppchen. Sie parkten im Stadtzentrum. Er stieg aus, setzte das Käppchen auf und hüllte sich in den Tallit. Er setzte sich in Bewegung. Zuerst ging er die Straßen auf und ab, dann blieb er mitten auf dem Marktplatz stehen. Er lächelte nicht. Sprach niemanden an. Wer weiß, ob er überhaupt betete. Manchmal hob er die Arme, als wollte er auf sich aufmerksam machen – den Himmel, die Vögel, die Häuser, in denen vor langer Zeit seine Nachbarn gelebt hatten... So stand er ein, zwei Stunden. Er ging zum Wagen zurück und legte den Tallit zusammen. In Montreal sagte er: Nun weiß ich, wozu ich den Krieg überlebt habe.

Das ist alles?

Ja. Alles.

In Kopenhagen – über den Vater.

Dass er überlebte und nach Israel ausreiste. Bevor er fuhr, nahm er Abschied von den Kiefern in Otwock und von dem Haus, in dem er einmal gewohnt hatte. Durch den Flur huschte ein kleines schwarzhaariges Mädchen. Meine Tochter, sagte die Hauswirtin und schloss rasch die Tür hinter der Kleinen. Der Vater, der Eingebungen hatte, fühlte, es war Szewa, seine Schwester. Das ist meine Tochter, sagte die Hauswirtin noch einmal. Dieses Jahr besuchte der Vater Otwock zum ersten Mal wieder, nach fünfzig Jahren. Die neuen Bewohner seines alten Hauses sagten ihm, einmal im Jahr komme eine fremde schwarzhaarige Frau hierher und ginge mit Blumen auf den Friedhof. Keiner weiß, wo sie herkommt. Der Vater erinnert sich nicht an Szewas Gesicht. Die Gesichter seiner ganzen nicht mehr lebenden Otwocker Familie stehen ihm vor Augen, doch an die Schwester erinnert er sich nicht. Er sagt, sie sei zwölf Jahre alt gewesen, aber manchmal sagt er auch, sieben.

Ja, das ist alles.

In Berlin – über die Mutter.

Dass sie Auschwitz überlebte und dann in einer kleinen Stadt in Niederschlesien wohnte. Sie bekam Zwillinge, einen Sohn und eine Tochter. Es ist der Sohn, der erzählt. Als die Kinder sechs waren, verschwand die Mutter mit der Tochter. Sie nahm keine Sachen mit, hinterließ keinen Brief. Der Vater suchte sie über Bekannte, über das Rote Kreuz und die Polizei. Der Sohn sah sie nach fünfzehn Jahren wieder. Das war in Israel. Als sie sich trafen, machte die Mutter Mittagessen. Du isst so wenig, sagte sie besorgt, magst du wirklich keine Brühe? Wie eben eine

Mutter. Die Zwillingsschwester bat ihn leise, keine Fragen zu stellen. Sie vermutete, die Flucht habe mit Auschwitz zu tun. Und mit einer Selektion. Sie kannte keine Einzelheiten. Sie sagte noch einmal: keine Fragen.

Das ist alles.

Sie blicken mich ratlos an, die Kinder und Enkel Jener.

Sie denken, ich weiß Bescheid.

So viele Geschichten habe ich aufgeschrieben, also weiß ich Bescheid und werde ihnen gleich erklären:

wieso sich der Großvater auf den Marktplatz stellte,

wer das kleine Mädchen mit den schwarzen Haaren war,

weshalb die Mutter die Flucht ergriff,

was bei der Selektion geschah...

Sie können nicht glauben, dass sie es nicht erfahren. Nicht hier jedenfalls. Nicht jetzt. Nicht von mir.)

Mai 1995...

Der Arzt untersuchte sie, sah sich die Tests an und teilte ihr mit betrübter Stimme mit, sie würde nicht schwanger werden.

Sie hatte nicht vor, ihm zu glauben. Sie war eine attraktive, praktische Frau über dreißig. Sie wusste, wie man die Dinge anpackt.

Ich habe gelesen, die Italiener haben ein neues Medikament, sagte sie zu dem Arzt.

Teuer und nicht sicher, sagte er abwehrend.

Macht nichts, sagte sie und besorgte sich das Medikament aus Italien.

Ihrem Mann schärfte sie ein, sie müssten sich zwischen dem elften und dem vierzehnten Tag ihres Monatszyklus lieben. Sie müssten ausgeruht sein und gesund. Nicht mal einen Schnupfen dürfe er haben, bei Schnupfen sind die Spermien weniger aggressiv.

Nach zwei Wochen war klar, dass das italienische Medikament nicht wirkte.

Einen Monat später war es wieder klar.

Der Arzt untersuchte sie, zog ein ernstes Gesicht...

Sie hörte, in Deutschland gäbe es ein neues Medikament, aus der Plazenta schwangerer Frauen. Sie besorgte sich das Medikament aus Deutschland, und sie liebten sich zwischen dem elften und dem vierzehnten Tag.

Sie nannten es, ehrlich gesagt, nicht mehr Liebe. Sie nannten es Arbeit. Sie arbeiteten jeden Monat vier Tage lang. Insgesamt sechzig Monate.

Der Arzt konstatierte einen Leberschaden infolge von Medikamentenmissbrauch.

Sie ging in ein Heim für Kleinkinder.

Sie fragten, durch wessen Verschulden sie keine Kinder hätten und gaben ihr eine Nummer. Sagten, sie solle nachfragen.

Am nächsten Tag war sie wieder da.

Ihre Nummer? fragten sie.

Zweihundertfünfundachtzig.

Durch wessen Verschulden?

Mein Verschulden.

Was soll es sein?

Ein Mädchen.

Fragen Sie bitte nach.

Am nächsten Tag war sie wieder da.

Nach einer Woche mussten sie keine Fragen mehr stellen. Noch auf der Schwelle, sagte sie: zweihundertfündundachtzig, mein Verschulden, ich warte auf ein Mädchen.

Die Köchin führte sie über den Dienstflur ins Schlafzimmer der Kleinen. Ein zweijähriger Knirps umklammerte ihren Hals.

Ich will Romek, sagte sie im Büro.

Kinder, die schielen, sehen wir für eine Adoption nicht vor.

Sie fing an zu schreien.

Sie schreien? griff der Psychologe ein. Sie sind unausgeglichen. Sie sind als Mutter nicht tauglich!

Sie passte den Psychologen am Ausgang ab. Herr Magister, sagte sie ruhig, Sie arbeiten auch auf der Entbindungsstation. Am heutigen Tag werde ich schwanger. Ich gebe Ihnen neun Monate, um ein Neugeborenes aufzutreiben. Möchten Sie eine Anzahlung?

Sie kaufte italienische Kissen, die mit Luft gefüllt waren. Der Arzt formte daraus einen kleinen Bauch. Er vergrößerte ihn alle zwei Wochen. Mitten im neunten Monat riefen sie von der Station an: eine Mutter hat ihr Neugeborenes dagelassen.

Aus der Klinik kam sie mit einem Töchterchen heim.

Sie schrieb einen Brief an ihren Mann:

»Wir brauchen nicht mehr zu arbeiten, lieben werden wir uns nicht mehr. Im Kühlschrank ist Kalbfleisch, es reicht für eine Woche, die Hemden liegen gewaschen im Schrank. Leb wohl«.

Sie mietete eine Wohnung, vergrößerte die Boutique.

Sie sah zu, wie die Tochter ihr immer ähnlicher wurde. Groß, gelenkig. Mit dunklen Augen, die traurig wurden ohne jeden Grund. Es überraschte sie, dass sie das gar nicht wunderte.

Sie lernte einen Gynäkologen kennen, ein paar Jahre jünger als sie. Sie war bei ihm in Behandlung. Sie war noch immer eine attraktive Frau. Sie gab ihm die Vollmacht über ihre Konten, es war eine Menge Geld darauf. Er hob alles ab. Sagte: Du hast niemals geboren, deine Tochter ist nicht dein Kind. Du überlässt mir das Haus, wenn du einen einzigen Złoty verlangst, sage ich ihr die ganze Wahrheit.

Sie beschloss, ihn umzubringen.

Sie ist eine praktische Frau, die weiß, wie man die Dinge anpackt.

Februar 1994. Warschau

Es lief eine Serie, wir saßen überm Nähzeug, und da sagt sie: Also ich hatte mir mein ganzes Leben nichts vorzuwerfen.

Mir blieb die Luft weg.

Nichts vorzuwerfen? Du? Und der Brief?

Sie tat, als verstünde sie nicht.

Du weißt schon, tu nicht so.

Das Kind hast du nicht abgeholt und hast mit keinem Wort auf den Brief...

Gut so, dass ich ihr das gesagt hab.

Gut so. Ebendrum.

Was sie hat, hat sie von denen.

Das Doppelbett. Den Kristallspiegel. Den Schrank. Die zwei Sessel. Alles handgeschnitzt, und wie der Brief aus dem Ghetto kam, sie soll bloß das Kind...

Es ist so gefährlich, hat sie zu mir gesagt.

Na weißt du. Wenn ich immer dran denken würde, ob was sicher ist, gäbs schon ein paar Leute weniger auf der Welt, hab ich zu ihr gesagt.

Dass sie eine alte Frau ist, ja und?

Ich bin auch eine alte Frau.

»Nichts vorzuwerfen!« So was!

Soll sie es ruhig wissen.

Soll sie die Kleine sehen bis zum Tod, wenn sie in diesen Spiegel guckt.

Paulinka?

Kein schlechtes Aussehen hätte sie gehabt, wären die Augen nicht gewesen.

Nein, nicht Paulinka. Anders irgendwie.

Oktober 1993. Warschau – Sobibór

Schon Piaski, die Frau aus Sydney presst das Gesicht an die Busscheibe, gleich kommt Siedliszcze,

da, Siedliszcze, gleich kommt die Mühle von den Hochmans,

die Mühle ist weg? Der Icek Hochman nahm sich die junge Puterman zur Frau,

gleich kommt die Bielsker Wolle, von Symcha Bok, dort haben die hohen Herren eingekauft, Ärzte, der Feuerwehrhauptmann, der Polizeikommandant und der Besitzer des Elektrowerks, der Herr Żukowski,

ah ja, die Wolle ist weg,

das Lager von den Feldmans, Baustoffe, unser Lager,

Papa hat immer gesagt, der Herr Żukowski, ein eleganter Herr, trinkt nur Cinzano, zu den Żukowskis bin ich direkt aus dem Lager, nach meiner Flucht,

und die Eisdiele von Gołda Kirszenbaum, auch weg,

und die Konditorei auf dem Markt…

Der Bus lässt Siedliszcze hinter sich, fährt durch Wald, durch gelbes und rotes Laub. Der Frau aus Sydney kommt es vor, als erkenne sie die Bäume von damals wieder.

Wem hat diese Konditorei gehört…

Gestern wusste ich es noch, und heut kann ich mich nicht erinnern.

Der Frau aus Sydney kommt es vor, als erkenne sie die Felder von damals wieder. Sie ist drübergerannt nach der Flucht.

Obwohl sie sich nicht sicher ist, ob es nicht die Felder aus ihrem Traum sind.

Es ist immer der gleiche Traum:

Sie flieht aus dem Lager. Überall Nebel, Regen setzt ein.

Sie rennt über Felder, dann durch Wald. Sie stolpert über einen Menschen, der unter einem Baum liegt. Sie betrachtet ihn…

Es ist sie, die da liegt.

Wie sie aus dem Lager lief, trug sie einen schwarzen Pullover, einen beigefarbenen Mantel und auf dem Kopf ein Tuch mit Fransen. Die da auf der Erde hat auch einen schwarzen Pullover und einen beigefarbenen Mantel an. Nur ein Tuch hat sie nicht, es ist wohl heruntergerutscht, beim Töten.

Sie hat die Augen offen, die da auf der Erde, und ein nasses Gesicht, wahrscheinlich vom Regen.

Die Frau aus Sydney steht vor sich selbst.

Wozu fliehe ich, denkt sie, sie haben mich doch getötet.

Sie wacht auf. Weiß, sie wird nicht mehr einschlafen, verlässt das Bett und setzt sich an die alte Singer-Maschine.

Sie näht Kindersachen. Nicht für ihre Kinder, die sind erwachsen.

Sie näht Sachen, die ihrer Schwester Fredzia passen würden und ihren Brüdern: Maks, Teo und Paul, dem Jüngsten. Der war so hell, nie hat einer Paul zu dem gesagt, alle nur – Blondschopf.

Im Lager Feierlichkeiten, seit der Flucht der Häftlinge sind fünfzig Jahre vergangen.

Sogar einen Film gab es darüber: »Die Flucht aus Sobibór«.

Die Staatsmacht rüstet sich zu Ansprachen.

Die Bevölkerung zur Kranzniederlegung.

Die Armee zur Ehrensalve.

Die Trommler zum Trommelwirbel. »Ausführung des Tremolo« heißt es im Festprogramm.

In der Mitte ist eine bewachsene Erhebung. An einer Seite hat man die Erde aufgelockert. Zum Vorschein kamen menschliche Gebeine.

Die Erhebung werden sie in den Ansprachen »Gedenkhügel« nennen und die Flucht aus Sobibór »bewaffneter Aufstand«.

Es muss alles seinen Namen haben, also seine Form. Dinge ohne Form sind ohne Nutzen.

Benannt, eignen sie sich zu den verschiedensten Zwekken.

Sie können durchdekliniert werden.

Sie können in Ansprachen vorkommen, auf Denkmälern, ja sogar in der Geschichte.

Januar 1992. Warschau

Er schrieb Gedichte über seine Frau, die zu heiraten er nicht geschafft hatte.

Die nicht zur Welt gekommen war.

Die zur Welt gekommen, doch neunzehnhunderteinundvierzig, zweiundvierzig oder dreiundvierzig gestorben war.

Ich kam als Witwer zur Welt, schrieb er, und er sehnte sich nach ihrem Namen und ihren Augen. Nach ihren Brüsten, die geschwellt wären von einer Liebe, rein und weiß wie Milch. Nach dem Leben, in das sie es nicht geschafft hatte.

Ich erkannte sie sofort.

Sie saß mir gegenüber. Erwähnte was von einer Doktorarbeit: Sie müsste, sie hätte noch kein Thema...

Ich sagte: Der Dichter ist ein gutes Thema. Über den schreib. Aber zuerst sag ihm, du bist zur Welt gekommen. Sie haben dich nicht einundvierzig, zweiundvierzig oder dreiundvierzig umgebracht. Du hast es geschafft ins Leben – und du bist da.

Beeil dich, fügte ich hinzu. Er wartet schon lange auf Nachricht von dir.

Sie nahm ihren Pariser Hut mit der breiten schwarzen Krempe ab, als wollte sie sich einer gründlichen Begutachtung unterziehen.

Die war nicht nötig.

Ich hatte ihre Augen, den Hals und die Hände gesehen.

Die Verse des Dichters waren präzis wie Steckbriefe.

Am Kiosk im Musée d'Orsay kaufte sie mir eine Telefonkarte als Geschenk. Ich rief in Kanada an, meinen Enkelsohn. Wir sprachen kurz, sparsam, und ich hängte den Hörer ein.

Sie nahm mir die Karte aus der Hand. Wählte eine Nummer. Lehnte den Kopf gegen den Automaten, raunte verführerisch... Sie telefonierte mit dem Dichter.

(Sie hatten sich noch nicht getroffen und wussten es schon. Er würde die Einsamkeit aufgeben, sie – das Zuhause in Paris. Sie würden am Potomak leben. Würden zusammensein bis zum Tod, sie hatten viel nichtgelebte Zeit nachzuholen.)

Wir verließen das Museum, durchquerten die Tuilerien, zwischen den Gärten und der Place Vendôme stand ein Automat. Ich reichte ihr die Karte. Sie wählte eine Nummer. Sie lächelte, das weiche schwarze Haar fiel über den Hörer.

Er schreibt Gedichte über seine Frau, die zu heiraten er geschafft hatte.

Die zur Welt gekommen war.

Die neunzehnhunderteinundneunzig an Krebs gestorben war.

Er sagt mir, so sehr sei er noch nie Witwer gewesen.

Ich fühle Reue.

Ich habe ihr ja gesagt: »Schreib, du bist da«. Der große Drehbuchautor hat solche Sätze offenbar nicht gern. Sie verletzen Seine Kompetenzen. Mag sein – sie verletzen die Urheberrechte. Das hat er uns bewusst gemacht, er hat uns zur Ordnung gerufen.

Der Dichter glaubt nicht an den Drehbuchautor.

Er glaubt an den Ringrichter.

Der Richter beugt sich über den Dichter und zählt ihn aus. Er ist gespannt, ob er sich diesmal nach dem Knockout erhebt.

Der Dichter rappelt sich auf und schreibt ein Gedicht über seine Frau. Für seine Frau. Jeder liest es, außer ihr.

März 1991. Frankfurt am Main

Sie schicken ihn nach Amerika. Junge Männer, die die Familienfirma erben sollen, schickt man immer hinaus in die Welt. Er kommt zurück, macht seinen Doktor, gründet ein Antiquariat. Er lässt kunstvolle Kandelaber aus Italien kommen, legt einen Innenhof an für die Leser. Heiratet eine schöne rothaarige Frau.

Er sitzt in dem friedlichen Innenhof und blättert in einem Genetiklehrbuch.

Er liest eine Anmerkung über den Fall des Juden Horst Berge, der wegen Geschlechtsverkehrs mit einer arischen Frau angeklagt worden war.

Der Fall des Juden Horst Berge macht ihn neugierig.

Er geht ins Gericht. Findet die Akten. Stellt fest, dass sie im gleichen Alter sind: er heute, Horst damals, in den dreißiger Jahren. Von nun an sieht er in Horst einen Altersgefährten.

Der Rechtsanwalt von Horst hatte um Straffreiheit ersucht, da sein Mandant nur zur Hälfte Jude sei. Seine Mutter – führte der Verteidiger aus – habe ihren jüdischen Ehemann betrogen. Der Geliebte, ein reinrassiger Arier, sei der Vater des Angeklagten.

Das Gericht berief zwei Genetiker als Gutachter, einen Professor und seinen Assistenten.

Der Assistent, Doktor Josef Mengele, vermaß Horst und seine Eltern. Ihn interessierten die Ohren und die Nasen, besonders die Nasenlöcher. Er notierte Länge, Breite, Form, Ausrichtung und Neigungswinkel. Der Professor studierte die Messungen – Aussehen, Form, Winkel und so weiter und befand, Horst sei Jude. Das Gericht glaubte dem Verteidiger. Der gekränkte Professor legte Beschwerde bei den Behörden ein. Horst gelang die Flucht aus Deutschland.

Der Buchhändler beginnt zu verstehen, dass einmal eine Welt existierte, in der es bessere und schlechtere Ohren und Nasenlöcher gab.

Er fängt an, über diese Welt nachzulesen.

Er trägt haufenweise Bücher zusammen. Vernachlässigt die Geschäfte. Gerät in Schulden. Die rothaarige Frau ist betrübt. Der Buchhändler gelobt Besserung und verkauft seine Sammlung dem Haus der Geschichte der Bundesrepublik. Er schickt seine Frau auf eine Reise nach China und ersteht einen Mercedes.

In einer juristischen Publikation liest er eine Anmerkung: Ein Gericht verurteilte einen deutschen Studenten, der beim Tanzen ein jüdisches Mädchen geküsst hat.

Das besagte Gericht macht ihn neugierig. Er findet die Akten, die Zeugenaussagen und das Urteil: ein Jahr Gefängnis. Er findet einen Brief, den der Student nach dem Krieg geschrieben hat. Der Verurteilte ersucht um Tilgung der Strafe. Das Gericht lehnt das Gesuch ab. Als der junge Mann das jüdische Mädchen küsste – lautet die Erklärung –, habe er auch noch extravagante Musik gehört.

Dem Buchhändler kommt der Gedanke, dass es ohne diese gebildeten Leute, ohne Richter, Professoren, Ärzte und Beamte, keinen Nationalsozialismus gegeben hätte.

Sie machten zur Hitlerzeit drei Prozent aus.

Der Buchhändler möchte sie alle näher kennenlernen.

Er trägt haufenweise Material zusammen.

Die Schulden werden größer.

Er verkauft das Antiquariat.

Auf Bitten seiner Frau zieht er von zu Hause aus.

Er lebt in einer alten Fabrikhalle.

Abends breitet er seinen Schlafsack auf dem Boden aus, morgens verstaut er ihn in einem Pappkarton.

Sein Frühstück isst er in einem kleinen Café an der Ecke. Dort trifft er die anderen Stammgäste, die, wie er, ihr Tagewerk vor dem Morgengrauen beginnen: Müllkutscher, Lieferwagenfahrer und die Arbeiter vom Bahnhof. Um sechs geht er zurück und macht sich an die Arbeit, an seine Studien über die drei Prozent.

Von daheim hat er zwei Fotos mitgenommen. Das eine zeigt das Antiquariat, das er verkauft hat. Die Bücher, die Kandelaber und der friedliche Innenhof sind genau zu erkennen. Auf dem zweiten ist die englische Dogge, die er seiner Frau gelassen hat. Wenn die Bank seine Bestände pfändet, wird er als Dompteur für Doggen arbeiten.

Januar 1991. Lehrensteinsfeld

Ich fahre zu dem deutschen Baron.

Ich weiß nicht, wozu.

Ich weiß nicht, wozu ich um die Adresse gebeten habe.

Ist es wahr, hatte ich den deutschen Bundespräsidenten gefragt, dass ihr aus Verzweiflung oder vielleicht aus Langeweile an der Front auf Hitler geschossen habt? Auf sein Bild zwar, aber immerhin. Ich las in der »Zeit« darüber. Ich habe nie mit Deutschen aus der Kriegsgeneration gesprochen, fügte ich hinzu, kennen Sie Adressen von Ihren Offizierskollegen? Der Präsident war nicht verwundert gewesen, er schickte mir die Adresse des Barons, eines Majors der Wehrmacht.

Der Baron schrieb, er habe ein Bein, das rechte, einen Daumen, an der linken Hand, und er sei siebzig Jahre alt. Er lud mich nach Deutschland ein. Auf das Schloss, das seiner Tochter gehört. Anschrift: Schlossstraße. Jeder im Städtchen kann mir den Weg zeigen.

Ich fahre also.

Zu einem Major der Wehrmacht, einem Baron.

Ich weiß nicht, wozu.

Das Bein haben sie ihm oberhalb des Knies abgenommen. Der Stumpf, in dem eingeschlagenen Hosenbein verborgen, liegt auf dem Sessel. Der Baron ist groß, so braucht der Stumpf viel Platz. Er hüpft in die Höhe, mal erfreut über etwas, mal vor Erregung. Er gibt nicht gern Ruhe, wirkt wie ein gesondertes Wesen, das nicht vorhat, dem Baron zu gehorchen.

Am ersten Tag – Geschichten über die Kindheit.

Lakaien, Gouvernanten, seine Urgroßmutter die Gräfin Cosel, es ist nett. Den Lunch nehmen wir im nahen Heilbronn ein.

Am zweiten Tag beginnt der Krieg.

Der Baron marschiert in Polen ein. Es ist weniger nett, aber schließlich ist das die Front, Jünglinge um die Zwanzig. Marek Edelman bringt für solche Verständnis auf. Was hört man vom Doktor? fragt der Baron, der das Buch über E. gelesen hat. Er lädt Sie zum Wodka nach Łódź ein. Gern, der Baron freut sich. Den Lunch nehmen wir im Schloss ein.

Am dritten Tag stehen sie vor Leningrad. Sie schießen auf das bewusste Bild: von Arnim, der Urenkel der Dichterin (im Lexikon unter »Goethe«), von Kleist aus der Familie des Dramatikers (siehe unter »von Kleist«), von Weizsäcker – der künftige Präsident, und der Baron. Am Nachmittag taucht ein neues Wort auf: Dubno, eine Stadt in den polnischen Ostgebieten. In Dubno ist es schön. Der Baron reitet zu Pferde aus, bei einem Ausritt sieht er die

Ermordung von Juden mit an. Nackte Menschen – SS – eine große Grube... Der Baron beschließt, Hitler zu erschießen, diesmal den wirklichen. Das Attentat schlägt fehl. Er geht an die Front zurück, verliert das Bein.

Er erzählt in den notwendigsten Worten.

Er will keine Fragen. Er will aus Dubno heraus und kultiviert zu Abend essen.

Ich will ein paar Dinge wissen. Beginnen wir mit der Entfernung. Wieviel Meter waren es zwischen dem Pferd und den Menschen auf der Wiese?

Und wieviel Soldaten waren an der Grube?

Was für Soldaten? Das war SS! Er hat es doch deutlich gesagt: SS! SS!

Verzeihen Sie. Ich wusste nicht, dass das Wort »Soldaten« der Wehrmacht vorbehalten ist.

Verzeihen Sie, Herr Baron. Wieviel DEUTSCHE waren an der Grube?

Acht Deutsche, sechshundert Yard Entfernung.

Das Gespräch kommt dem Baron wie ein Verhör vor.

Er hat genug von dem Gespräch.

Bitte klappen Sie dieses Heft zu – die daumenlose Hand greift nach meinen Notizen.

Bitte stecken Sie das Heft ein.

Er senkt den Kopf. Betrachtet seinen einen blankgewienerten Schuh. Ich betrachte seinen Schädel, der zwischen den mageren Schultern steckt. Den konvulsivisch zuckenden Stumpf. Die rosa Glatze inmitten der weißen, schweißverklebten Haare.

Bitte sehen Sie mich nicht an, sagt er, ohne den Blick zu heben.

Bitte bemitleiden Sie mich nicht.

Die Opfer dürfen die Mörder nicht bemitleiden.

Ja, ich bin ein Mörder. Wir alle sind...

Ich bemitleide ihn nicht.

Ich betrachte seinen Schädel. Dort drin ist sein Gedächtnis. Wenn es die Form einer Diskette hätte und wenn ich wüsste, wo suchen...

Vor den Fenstern des Schlosses ist Nacht.

Gut, nun weiß ich, wozu ich hergekommen bin. Ich werde jetzt gehen und den nordischen Baron nie wiedersehen.

Bitte bleiben Sie, sagt der Baron, ohne den Blick zu heben.

Ich habe mich nicht nackt ausgezogen.

Ich habe mich nicht in die Schlange vor der Grube eingereiht.

Ich habe dem SS-Mann nicht das Gewehr entrissen.

Ich lebe.

Bitte stellen Sie Ihre Fragen.

Gespräch mit D. (die meine Bücher in Deutschland verlegt).

Sie ist aufgebracht: Nach Stalingrad wollte er ihn töten! Nach der Niederlage hatte er seinen Führer satt!

Nach Dubno, sage ich.

D., die rebellische Achtundsechzigerin, verachtet den Baron.

Auschwitz war vor Dubno. Auschwitz hat dem Herrn Baron nicht gereicht?!

Er hat nichts von Auschwitz gewusst.

D. ist empört.

Genau das haben ihre Eltern immer gesagt. Ihre Lehrer. Ihre Priester. Sie hat gesagt, »Hört auf mit diesen Lügen«. Und jetzt ich...

Ich tröste D. Ich werde nicht über den Baron schreiben. Es wird keinen Text geben, in dem die Deutschen Schicksale und Gesichter haben und die Juden eine erniedrigte namenlose Masse sind.

Am nächsten Tag geschieht etwas Seltsames. D. bringt ein Buch aus der Universitätsbibliothek mit. Es ist in Hebräisch geschrieben und in Jiddisch, mit einem einzigen Wort in lateinischen Buchstaben: DUBNO. Es ist vor langer Zeit erschienen, weit weg von Deutschland, in ein paar hundert Exemplaren. Es enthält viele Fotos. Menschen, die lernen, arbeiten, tanzen, beten oder ganz normal vor dem Objektiv posieren. Noch wissen sie nicht, dass sie ein schlechtes Aussehen haben. Wissen nicht, dass sie sich nackt ausziehen und in einer langen Schlange stehen werden. Dass sie in eine Grube steigen werden. Dass die Welt ihnen zum Abschied eine schöne herbstliche Landschaft zeigen wird mit einem Jüngling zu Pferde.

Dezember 1990. Berlin-Kreuzberg

Schüler in Kreuzberg schreiben einen Aufsatz: eine Weihnachtsgeschichte.

Die Helden dieselben: das Kindlein, Maria und Joseph.

Die Maria ist weiß, der Joseph farbig, Türke, Schwarzer oder Araber. Oder sie sind beide farbig.

Maria ist arbeitslos, wer gibt einer schwangeren Frau schon Arbeit. Joseph hat zu tun, gelegentlich, oder er hat nichts zu tun und kriegt Sozialhilfe.

Jesus kommt in einem Kinderwagen zur Welt, den sie aus dem Müll gezerrt haben. Oder in einer Bruchbude, die zum Abriss bestimmt ist. Oder in einem abgestellten Auto, das auf der Straße vor sich hin rostet. Oder im Park, die Obdachlosen treten ihm die beste Bank ab.

Es kommen Gäste mit Geschenken. Der Maria bringen sie einen warmen Pullover, der kaum ausgeleiert ist. Dem Joseph ein Bierchen. Dem Jesus einen Fernseher, alt, aber er geht.

Jesus guckt fern und erfährt, was auf der Welt los ist. Er macht sich auf in den Nahen Osten. Führt sofort Frieden ein. Das ist das erste Wunder von Jesus, nachdem er Kreuzberg verlassen hat.

Kreuzberg: hundert Jahre alte Mietshäuser, roter Klinker, Höfe, einer hinterm andern. Im letzten eine Fabrikhalle.

Die ersten Bewohner: Menschen aus dem Osten, Oppeln und Niederschlesien.

Sie arbeiteten tief im Innern der Höfe, an den Sonntagen lauschten sie den Straßenorchestern, übten bei der Feuerwehr, machten Dampferfahrten auf den Berliner Kanälen und auf der Spree.

In einem Jahr fischte man aus den Kanälen den Leichnam einer Frau, sie hieß Rosa Luxemburg.

In einem Jahr quartierten sich in einem Gebäude in der Nähe Männer in braunen Uniformen ein.

Die Welt von Kreuzberg überstand alles. Sie dauerte fort bis zur Mauer. Die Mauer umschloss sie auf drei Seiten – entlang der Straßenzüge, entlang der Spree und am Kanal entlang. Da zeigte sich, Berlin hörte in Kreuzberg auf. Und der Westen. Sowie die Freiheit und andere wichtige Sachen.

Nach Kreuzberg strömten neue Bewohner.

Das waren Arbeitslose, Obdachlose, Farbige, Alkoholiker, Drogensüchtige, HIV-Positive, verlassene Mütter, uneheliche Kinder, unverheiratete Paare, Anarchisten, arme Künstler, verkannte Maler, angehende Dichter...

In ihrem Gefolge kamen Menschen, die den Wunsch verspürten, sich der Arbeitslosen, Obdachlosen, Farbigen, Künstler, Maler und HIV-Positiven anzunehmen...

A.M., eine Beschützerin der Bewohner von Kreuzberg, zog bei den reichen Eltern aus. Die berieten andere Reiche, was sie mit ihrem Geld tun sollten, um sich noch mehr zu bereichern. Das war unerträglich.

A.M. schloss sich der feministischen Bewegung an und demonstrierte gegen die Ausbeutung der Frau.

Sie verliebte sich in einen Terroristen, der zu »lebenslänglich« verurteilt war. Sie schrieben sich lange Briefe. Die vernichtete sie, als sie sich in ein Mädchen verliebte, leider ohne Gegenliebe.

Sie errechnete, dass sie von den vierunddreißig Jahren ihres Lebens vierzehn auf Grübeleien verwandt hatte, wie man zu leben habe.

Sie schrieb sich in einer Schule ein, lernte chinesische Medizin und Homöopathie. Umgab sich mit biologischen Kalendern und Kräutersuden. Das Trinken von Eichenextrakt ist gut für den Mut, von Kiefernextrakt für die Ausdauer, Klematis ist gegen die Flucht aus der Realität und Senf gegen die Hoffnungslosigkeit.

Sie heilt ihre Schützlinge in Kreuzberg mit Kräutern.

F.H., Pädagoge, fördert die Bildung in Kreuzberg. Er ist der Sohn des Adjutanten von Adolf Hitler.

Während des Kriegs war der Adjutant in Polen. Er wurde, für kurze Zeit, Kommandant einer kleinen Stadt bei Posen. Stieg auf zum General und kommandierte eine Armee. Er kämpfte an der Narew-Linie. Die Front verlief längs der Böschung, oberhalb der Wiesen, die im Sommer voller Kletten sind und voll von vergilbtem Moos. Heute stehen dort Ferienhäuschen. Wenn die Leute den Boden für Tomaten und Salat umgraben, finden sie Schienbeinknochen, verrostete Waffenteile, die Kabelschnüre eines Feldtelefons und Koppelschnallen mit der Inschrift *Gott mit uns.* Das sind die Überreste der Armee des Generals H., des Vaters des späteren Pädagogen.

Im Winter 1945 fand der General, dass jeder weitere Kampf sinnlos sei. Er kehrte nach Hause zurück. SS umstellte das Haus. Der General schoss auf sie, der zehnjährige Sohn reichte ihm die Magazine mit den Patronen. Sie töteten niemanden, aber die SS wich zurück. Ein paar Stunden später fuhr ein Jeep mit amerikanischen Offizieren vor. Sie wussten schon von den Schüssen und behandelten den General wie einen Helden der Widerstandsbewegung. Unverzüglich nahm der General seine militärgeschichtlichen Studien auf, ihn interessierte besonders das siebzehnte Jahrhundert. Er starb hochbetagt, bewundert von Lesern und Freunden.

F.H. sympathisierte mit den radikalen Studenten. Dank

einiger verfehlter Schüsse – er hatte dem Vater eigenhändig die Magazine zugereicht –, musste er sich wegen nichts rechtfertigen, nicht vor den Leuten und nicht vor sich selbst.

Bei einer Straßendemonstration bemerkte er, dass sein rechtes Bein langsamer vor der Polizei floh als sein linkes. Die Ärzte stellten multiple Sklerose fest. Er ging in Rente. Kümmert sich um die Förderung der Bildung, die Betreuung der alten Synagoge, die Freundschaft mit den Polen und um andere ehrenwerte Dinge.

Nach dem Tod des Vaters fand F.H. im Schreibtisch einen Stapel Fotos.

Auf einem marschierten Soldaten, ein berittener Offizier lächelte und salutierte.

Auf einem anderen schwieg ein Mann in einer Schaffellmütze. Er hatte ein schönes, gelassenes Gesicht und mit einem Strick gefesselte Hände. Er wirkte wie ein Schauspieler, der in einem Kriegsfilm den furchtlosen Partisanen spielt.

Auf einem anderen zog ein alter Mann mit Davidstern ein zweirädriges Wägelchen. Seine Sachen bedeckte ein gestreiftes Tuch. Auf dem Tuch lag eine Schüssel, den Boden nach oben gekehrt. Auf solchen Wägelchen, auf solchen Tüchern, lagen immer Schüsseln. Dort wo die Emaille abgeplatzt war, sah man große schwarze Flecke.

Wieder marschierten Soldaten, ein berittener Offizier salutierte.

Die Fotos waren in einer kleinen Stadt gemacht, nicht weit von Posen.

Man weiß nicht, wer der Partisan war. Nicht mal der Leichenbeschauer erinnert sich an ihn, weder als Lebenden noch als Toten. (Dieses Amt versah während der Besatzung ein Einwohner. Er prüfte jeden Toten, mit Taschenspiegel und durch Abtasten, und stellte, in der schönsten Handschrift der Gemeinde, den Totenschein aus.)

Man weiß nicht, wer der Alte mit dem Wägelchen war. Auch an ihn erinnert sich der Beschauer nicht, der jüdische Leichen ja nicht prüfte. Ganz einfach – er zieht seines Weges. Vielleicht ins Ghetto. Danach wurden sie mit Abgasen in Lastwagen vergast und in Jedlec bei Gołuchów in einer großen Grube begraben. Ja, er kann auf dem Weg ins Ghetto sein, nach Kalisz, da gab es solches Kopfsteinpflaster wie auf dem Foto.

Eines weiß man: wer der berittene Offizier ist, mitten auf dem Marktplatz.

Nämlich der spätere General. Der Vater des späteren Bildungsförderers von Kreuzberg.

Juli 1990. Warschau

Die Mutter war gestorben.

Sie hatte es taktvoll getan, ohne Unannehmlichkeiten zu bereiten. Wie alles im Leben.

Sie war im Schlaf gestorben. So sollte man sterben, sagte der Arzt, der den Totenschein ausstellte.

Sie lag mit geschlossenen Augen, den Kopf auf dem angewinkelten Arm. Ihr Gesicht war bleich, klar. Erst der Expertentrupp vom Beerdigungsinstitut brachte die Wahrheit an den Tag: der Bauch gedunsen, die Beine geschwollen, die Füße blau und blutunterlaufene Flecke auf der Wange.

Sie war vor drei Tagen gestorben, es war heiß gewesen.

Der Experte vom Beerdigungsinstitut half beim Überziehen der Bluse. Er fing es irgendwie raffiniert an, kannte den Dreh. Zuerst raffte er sie halb zusammen, dann streifte er sie über den Kopf und schob die Ärmel nach. Mit dem schwarzkarierten Lieblingskostüm hatte es keine Not, auch mit der Strumpfhose nicht, trotz der dicken Beine, aber die Schuhe gingen nicht an. Macht nichts, sagte der Experte, sie werden danebengestellt. Schuhe müssen sein, der Mensch tritt schließlich nicht unbeschuht vors Jüngste Gericht.

Beim Überziehen der Bluse hatte er den Kopf der Toten kurz angehoben. Sie hatten verzerrte Mundwinkel gesehen, als wollte sie anfangen zu weinen.

Die Tochter geht ans Aufräumen. Die unbrauchbaren Sachen wirft sie in den Eimer, die Erinnerungsstücke schiebt sie zur Seite.

Erinnerungsstücke sind unter anderem: Fotos, überwiegend von der Enkeltochter, heiter verlogene Ansichtskarten aus den Ferien, Glückwünsche zum Muttertag, die Telefonnummern von Leuten, die lange tot sind, ein Stapel Karten von der Frau Doležálová, kennengelernt in Karlový Váry vor vierzig Jahren, die Zahlheftchen für Miete und Strom, der Nekrolog eines Mannes, der eine andere geheiratet hat, Anerkennungsurkunden, das Diplom einer Kosmetikschule mit Sitz auf den Champs Elysées, ein Tischchen der Firma Thonet und zwei Porzellanleuchter, in denen sie an jedem Sabbat die Kerzen angezündet hat.

Die unbrauchbaren Sachen: Schleifen von Blumengebinden, zerrissene Kettchen, verstreute Perlen, der Einband eines Notizbuchs mit der Aufschrift »Ausstellung der Wiedergewonnenen Gebiete«, ein Eltra-Empfänger ohne Batterie, ein verbeulter Teekessel ohne Pfeife, Himbeersaft vom vergangenen Jahr, das Waschbrett, auf dem sie die Windeln der Enkelin gewaschen, das Hackmesser, mit dem sie den Fisch zerkleinert hat...

Den Eimer voller unbrauchbarer Sachen, geht die Tochter zum Müllplatz. Sie kommt an einer Bank und mehreren lebhaft erzählenden Alten vorbei.

Sie kehrt ins Haus zurück. Geht wieder zum Müllplatz. Inzwischen schweigen die Alten. Sie lächelt zu ihnen hin, als wollte sie sich entschuldigen für die Taktlosigkeit. Sie seufzen, so ist das Leben, gute Frau. Als sie zum letzten Mal an der Bank vorbeikommt, sagt sie: Das bin ich. Es ist mein Leben, das ich da eimerweise wegtrage.

Die Tochter ruft bei der Jüdischen Gemeinde an: die Mutter ist gestorben, was muss man tun. Man muss beten. Ein richtiger, ordentlicher alter Jude muss das Kaddisch sagen. Sie empfehlen den Herrn Abraham. Er ist bärtig, alt und sehr echt, denn er stammt aus der Targowa-Straße. Kaddisch sagt man in Anwesenheit von zehn frommen Männern, erläutert er. Er wird sie auf den Friedhof bitten, und die Tochter wird sich, wollen wir hoffen, mit einer freundlichen Geste erkenntlich zeigen.

Bei diesem Begräbnis wird es die zehn Männer nicht geben, sagt die Tochter.

Der Herr Abraham mustert sie misstrauisch: Tut es ihr um die paar Złoty für die Frommen und Armen leid?

Die Mutter meiner Mutter haben sie während des Warschauer Aufstands begraben. Im Hof haben sie sie eingegraben. Meine Mutter hat oft gesagt, sie will genau so ein schlichtes Begräbnis. Verstehen Sie jetzt, weshalb es die zehn Frommen nicht geben wird?

Ich verstehe, sagt der Herr Abraham. Ich sag das Kaddisch allein. Der Herrgott wird es uns nicht nachtragen.

Die Tochter muss Maria Bescheid geben.

Die Mutter und Maria haben sich in den Ferien kennengelernt. Es ist ein Foto erhalten: die dreißiger Jahre, Ciechocinek. Weiße Tennisschuhe, weiße Socken, helles Kleid und Schleife unterm Hals. Sie glauben nicht ans Altwerden. Sie haben das Leben vor sich.

Sie haben das Leben hinter sich, die Tochter muss Bescheid geben.

Sie waren einander sehr ähnlich: klein, energisch und starrköpfig. Sie zankten sich oft. Gekränkt, schwiegen sie wochenlang. Eine rief schließlich an: Ich hab einen Käsekuchen gebacken. Oder: Ich hab einen Fisch gekocht. Sie trafen sich, und schon war der Streit da. So vergingen sechzig Jahre, mit kurzen Unterbrechungen, und jetzt gibt die Tochter Bescheid...

Maria versteht nicht.

Was denn, gestorben, sie wollte doch einen Gewürzkuchen mit Schokoladenguss backen.

Den Gewürzkuchen wird es nicht geben. Es gibt ein Begräbnis. Zu dem... Jetzt wird die Tochter etwas Abscheuliches sagen. Zu dem Maria nicht kommen sollte, die Mutter wollte es haben wie während des Aufstands. Wie in dem Hof, an jenem Grab.

Maria erhebt die Stimme. Sie war im Lager, in Deutschland. Wäre das Lager nicht gewesen, hätten sie dieses Grab zusammen geschaufelt!

Klar kommt sie zum Begräbnis. Sie bringt Blumen mit,

gebunden mit einer Trauerschleife, einer weißen, mit schwarzen Kreuzen drauf. Tut ihr leid, wenn die Blumen dürftig sind. Sie kriegt ihre Rente nach dem Ersten, was die Mutter genau gewusst hat. Sie hätte wahrhaftig warten können bis zum Ersten mit diesem Sterben.

Marias Gebinde liegt auf dem Sarg. Ohne die schwarzen Kreuze. Wo ist meine Schleife? flüstert Maria. Die Tochter findet die Schleife unter einem Baum und legt sie auf die Blumen. Nach dem Begräbnis das gleiche. Auf dem Grab liegt das Gebinde – ohne Schleife. Die Tochter leitet eine Untersuchung ein. Jawohl, der Friedhofsverwalter hat den Totengräbern aufgetragen, sie zu entfernen, so diskret wie möglich. Es sind Gäste auf dem Friedhof: religiöse israelische Juden, und hier, Kreuze auf der Schleife!

Die Tochter bittet, die religiösen Gäste zu ihr zu schicken. Sie wird ihnen was erzählen: die Geschichte vom Taufschein. Den hat Maria der Mutter während des Kriegs gegeben. Und dieser Taufschein gehörte nicht ihr, sondern ihrer Schwester. Und diese Schwester hatte vier Kinder. Und dank diesem Taufschein…

Der Friedhofsverwalter hört ihr mitleidig zu. Das soll die israelischen Juden interessieren? Das wäre wichtiger für sie als die Kreuze auf der Schleife?!

Marias Schwester wohnte bei Łódź, im Häuschen einer Arbeitersiedlung.

Die Mutter und Maria besuchten sie ab und zu, weil in der Nachbarschaft eine Wahrsagerin wohnte. Wochentags war sie Weberin, sonntags las sie aus den Karten. Die Mutter wusste durch Frau Amelia von ihr, einer Ferienbekanntschaft. Der Mann von Frau Amelia, ein AK-Offizier, war zum Tode verurteilt worden. Er wartete auf die Vollstreckung des Urteils, und die Weberin breitete die Karten aus. »Die Wolken lockern sich auf, die Sonne bricht durch, es gibt eine Nachricht«. Frau Amelia ging nach Hause, und die Nachricht war da: Ihr Mann war begnadigt worden. Die Weberin sagte: »Er hat die Adresse gewechselt, es kommt ein Brief«, und es kam ein Brief, aus dem nächsten Gefängnis.

Die Mutter war tief beeindruckt von diesen Prophezeihungen, und eines Sonntags nahm sie die Tochter mit nach Łódź. Bei der Weberin daheim sah es ganz gewöhnlich aus. Gestickte Wandbehänge, Hochzeitsbild und, auf einer Häkeldecke, die Karten. Die betrachtete die Tochter angespannt. Es wunderte sie nicht, dass man Frau Amelias Mann zum Tode verurteilt hatte. Sie wusste, er war unschuldig, ja und? So war die Welt. In ihr kamen immer die Unschuldigen um. Sie interessierte sich für die Frau des Hauses, die mit großen, kräftigen Händen die Karten mischte, sie auf dem Tisch auslegte und sagte: »Dreimal zu sich hin abheben«.

Stalin starb.

Der AK-Offizier wurde aus dem Gefängnis entlassen und verließ Frau Amelia.

Frau Amelia verzichtete auf weitere Prophezeihungen.

Die Mutter und Maria besuchten die Weberin, und danach gingen sie zu der Schwester zum Mittagessen. Vor der Tür blieb Maria kurz stehen. Denk dran, flüsterte sie der Mutter zu, sie weiß von nichts. Sie zogen die Wedel-Pralinen hervor und setzten sich an den Tisch.

Der Karokönig mit den blauen Augen trennte sich von der Mutter.

Der Bube mit dem guten Herzen heiratete Maria. Er starb nach ein paar Jahren.

Die Besuche bei der Wahrsagerin wurden seltener.

Sie weiß von nichts, flüsterte Maria.

Sie sprach von dem Taufschein. Sie hatte ihn der Schwester während des Kriegs abgenommen und ihr dafür Lebensmittelkarten versprochen. Hatte ihn der Mutter gegeben. Hatte nicht gefragt, ob sie ihn weggeben dürfe. Die Schwester hätte gesagt: Es ist so gefährlich... Heute wäre es ihr peinlich. Und so – die Mutter lebt. Die Tochter lebt. Sie essen zu Mittag.

Die Schwester ist tot.

Die Mutter ist tot.

Die Neffen sind erwachsene Menschen.

Die Neffen wissen von nichts. Und so soll es auch bleiben, sagt Maria.

Die Tochter ist in der Synagoge, auf der Empore, bei den Frauen. Unten, in der Bank bei den Männern, sitzt der Herr Abraham. Er wird das Kaddisch sagen, täglich, ein ganzes Jahr. So muss es sein, wenn die Mutter stirbt. Sie sind sehr beschäftigt, er lächelt der Tochter verständnisvoll zu. Sie können nicht täglich mit mir beten, aber manchmal – am Samstag, das wäre nett...

Sie sind das erste Mal hier, stellen die Frauen auf der Empore fest.

Die Tochter bejaht.

Und warum waren Sie noch nie hier?

Weil meine Mutter noch nie gestorben ist. Sie ist gerade das erste Mal gestorben, darum bin ich hier.

Wie meine Mama gestorben ist, da war in Amerika das Begräbnis von Präsident Roosevelt, wirft eine der Frauen ein. Auf den unzerstörten Häusern, sogar in den Ruinen haben die Leute in Warschau schwarze Flaggen aufgehängt. Alle haben gedacht, das ist die Trauer um Präsident Roosevelt, dabei war es für meine Mama. Sie lächeln? Bitte lachen Sie nicht, die Flaggen sind für meine Mama gewesen!

An der Wand wiegt sich gesammelt, monoton der Herr Abraham.

Hinter der staubigen Scheibe, der Empore gegenüber, schimmert ein Fetzchen trübes Blau und wiegt sich ein Zweig.

Du bist so beschäftigt, hat die Mutter immer mitfühlend gesagt.

Sie ist nicht mit der Mutter in die Oper gegangen. Sie hat sie nicht mit aufs Land genommen. Sie hat sie nicht in den Park geführt während der letzten grässlichen Hitze. Sie ist beschäftigt gewesen.

Sie schlägt das Gebetbuch auf, das sie in der Synagoge gekauft hat. Die Reprintausgabe eines Buches vom Beginn des vergangenen Jahrhunderts. *Gebete der Israeliten zu Wochen- und Feiertagen, Feste und Fasten, religiöse Bräuche und Zeremonien. Ausgelegt und erläutert von Direktor Salomon Spitzer.*

»Es ist der Brauch, nach dem Lesen aus den Rollen für die Seelen der Toten zu beten...«, wird sie diesmal von Dir. Spitzer belehrt. Zur rechten Zeit, denn die Männer unten hören eben auf, die Thora zu lesen.

Ewiger, was denn ist der Mensch, dass du seiner achtest, und des Menschen Sohn, dass du ihn schätzest. Der Mensch gleicht einem Atemzug, seine Tage sind wie der flüchtige Schatten. Am Morgen erblüht er und wächst, am Abend...

Gewiss, das hat der Herr Direktor Spitzer hübsch übersetzt, aber es sind nicht die Worte, in denen sie mit dem Herrgott reden möchte.

Ihr ist überhaupt nicht nach Reden zumute.

Sie will sich erinnern, womit sie so sehr beschäftigt war. Was wichtiger war als die Fahrt aufs Land und der Spaziergang in den Park.

Sie kann und kann sich nicht erinnern, was wichtiger war.

Die Tochter hat einen Traum.

Sie betritt die Wohnung der Mutter. Schaut sich um. Jedes Möbelstück, jedes Ding ist an seinem Fleck.

Auf dem Fensterbrett steht das Einweckglas mit den Himbeeren.

Auf dem Tischchen stehen die Porzellanleuchter und der Eltra-Empfänger.

Auf dem Bord liegt das Album »Die Polnische Tatra« mit der Widmung »Zum Frauentag von der Direktion und vom Betriebsrat«.

In der Schublade liegen die Ansichtskarten, die Zahlheftchen, die Fotos, die Kettchen ohne Verschluss und die verstreuten Perlen.

Auf dem Herd steht der Teekessel.

Über dem Herd hängt das Hackmesser...

(Sie wollte keine neuen Sachen. Sie verstand die Leute nicht, die sich was kauften. Lohnt denn das? fragte sie ungläubig. Für so kurze Zeit? Sie benahm sich wie ein ungeduldiger Reisender, der, lange bereit für den Aufbruch, auf das Zeichen wartet.)

Die Empore, der Zweig, das unverändert staubige Blau.

Die Juden in den weißen Schals lesen die Thora in hastigen murmelnden Worten.

Eine scharfe Stimme zerreißt das Gebet. Jemand kommt mit entschiedenem, zornigen Schritt.

Ein Greis, groß, bärtig, ein Pelzbarett auf dem Kopf, bleibt vor dem Rabbiner stehen.

Fort von hier, sagt er. Hinweg mit dir, er zeigt mit dem knochigen, knotigen Finger zum Ausgang.

Das Gebet verstummt, der Ankömmling teilt den Männern mit, dass er ihr Rabbiner sei. Der echte Rabbiner, der nun aus der Welt in die Heimat zurückgekehrt ist. Der da ist ein Fälscher. Ein Usurpator!

Pst, flüstern die Juden, pst, wir beten gerade.

Als die Juden zu den falschen Göttern beteten, ruft der Greis, da hat Moses die steinernen Tafeln zerschlagen! Wenn ihr mit einem falschen Rabbiner betet, ist es mir erlaubt zu schreien!

Zu dem Gast tritt, mit vernünftigen Worten, einer der Männer, ein Schauspieler des Jüdischen Theaters.

Hinweg mit dir! Der strafende Finger zielt auf den Schauspieler. Ein Komödiant bist du! Morgen klebst du dir einen Bart an und spielst selbst den Rabbi, aber ein Theater ist das hier nicht. Das hier ist ein Gotteshaus!

Mit einem besänftigenden, unschuldigen Lächeln nähert sich der Herr Abraham.

Hinweg mit dir! Die Stimme ist jetzt voll Verachtung.

Unrein bist du! Mit einer Schickse hast du gelebt in der Targowa-Straße! Schächter konntest du nicht werden, weil du unrein bist!

Unten schreien die Juden.

Die Tochter auf der Empore kehrt sich, wie an jedem Samstag, dem Blau zu.

Du siehst selbst, zum Beten fehlen die Bedingungen. Aber ich werde dir erzählen, was es bei uns gibt.

Der echte Rabbiner hat uns einen Besuch abgestattet. Er ist den Büchern von Singer entstiegen und in die Synagoge eingezogen. Und was der weiß! Der Herr Abraham mit einer Schickse, hättest du das gedacht? In der Targowa-Straße? Na, na...

Sag mal, fragt sie nach einer Weile. Erhört der Herrgott die Gebete von unreinen Greisen?

Unten ist Ruhe eingetreten. Die Juden haben die Schals abgelegt und die Synagoge verlassen.

Der echte Rabbiner ist ins einsame Gebet versunken.

Die Tochter bemerkt, es wird ihr zur täglichen Gewohnheit, der Mutter zu erzählen, was es bei uns gibt.

Den ganzen Krieg über trug sie Schwarz. Winters, sommers, morgens, mittags, immer der schwarze Rock und die schwarze, aus zwei Vorkriegsblusen zusammengeflickte Bluse. Auch der Rock aus Vorkriegszeiten, gewendet, auf die linke, nicht verschossene Seite.

Sie kam nur kurz.

Setzte sich auf einen Stuhl.

Genauer – auf die Stuhlkante. Zum Zeichen, dass sie gleich ginge. Dass sie keine Unannehmlichkeiten bereite. Dass sie sich bemühe, möglichst wenig Platz einzunehmen in dieser großen, fremden Wohnung.

Sie sind so gut zu uns, sagte sie zu der Frau, die ihrer Tochter Gastfreundschaft in ihrem Haus gewährte.

Wirklich, wie soll ich Ihnen..., sagte sie zu diesen edlen, ernsten Damen, denen man Dankbarkeit zu zeigen hatte.

Auf wie viele Arten sie sie zu zeigen wusste! Durch einen Blick. Ein Lächeln. Das Neigen des Kopfes. Das Falten der Hände. Nun, und in Worten, natürlich: »Sie sind so gut zu uns...« – »Wirklich, wie soll ich Ihnen...«

Sie bemühte sich, möglichst leise zu weinen.

Der Bruder? fragten die Damen flüsternd. Die Schwester? Der Vater? Der Mann?

Sie seufzten.

Brachten Tee.

Strichen der Tochter übers Haar.

Die Tochter nahm die mitfühlenden Hände von ihrem gebleichten Haar, zog die eigene sechsjährige Hand aus den Händen der Mutter und sagte mit ruhiger, kühler Stimme: Na schön. Aber ich lebe.

Was hieß: Ich habe beschlossen zu überleben. Es ist eine große Anstrengung, so ein Entschluss, und ich möchte sehr bitten, mich nicht zu behindern durch Trauer und Tränen.

Die Mutter hatte nicht den Tod mitgebracht.

Sie sagte: der Papa, der Onkel, die Tante, der Großvater, aber das war nicht der Tod. Das war Nichtleben. Dass der Tod existiert, begriff die Tochter fünfzig Jahre später. Als sie die geschlossenen Augen der Mutter sah, den Kopf auf dem angewinkelten Arm.

Die Tochter weint.

Verwundert stellt sie fest, sie weint ein ihr wohlbekanntes Weinen, das kläglich und hilflos ist. Das Weinen der Mutter, die auf der Stuhlkante sitzt, in schwarzen Kleidern.

Weinend geht sie durch die Straßen. Weinend bittet sie den Herrn Abraham um das Gebet.

Sie sind eine gute Tochter, lobt sie der Herr Abraham.

Der nicht weiß, dass sie die Mutter bei der grässlichen Hitze nicht aufs Land gebracht hat.

Der nicht weiß, dass sie die Hand aus ihren Händen gezogen und gesagt hat:

»Na schön. Aber ich lebe«.

Die Tochter hat einen Traum.

Sie betritt die Wohnung der Mutter... Es ist alles an seinem Fleck.

Sie beginnt zu packen.

Sie steckt den Eltra-Empfänger ein: Sie wird eine neue Batterie für ihn kaufen.

Für den Teekessel kauft sie eine Pfeife.

In den Einband des Notizbuchs legt sie Zettel.

»Die Polnische Tatra« schickt sie dem Enkel.

Die Perlen fädelt sie auf.

Den Himbeersaft kocht sie auf.

Mit dem Hackmesser wird sie den Fisch zerkleinern (die Mutter hat recht gehabt, durch den Wolf gedreht hat er einen anderen Geschmack).

Sie wacht verzweifelt auf. Sie weiß, von der Wohnung, in der alles an seinem Fleck ist, wird sie bis an ihr Lebensende träumen.

Anmerkungen

Mai 2000. Zakopane
Protagonist des Textes ist Mariusz Bonaszewski.

Mai 2000. Herzliya bei Tel Aviv
Es ist die Rede von Ereignissen, die im April 1983 stattfanden, und von dem über Dr. Marek Edelman verhängten Hausarrest. Ich zitiere das Gedicht »Herr Cogito sucht Rat« von Zbigniew Herbert.

März 2000. Frankfurt am Main
Protagonistin des Textes ist Teofila Reich-Ranicki. Ihre Aquarelle und meine Skizze über sie erschienen in *Es war der letzte Augenblick* bei der Deutschen Verlags-Anstalt. Marcel Reich-Ranicki, Teofilas Mann, ist Literaturkritiker.

November 1999. Toruń
Protagonistin des Textes und Verfasserin des Gedichts, aus dem ich zitiere, ist Krystyna Kuta.

April 1999. Warschau
Das Osterfrühstück nahm ich (gemeinsam mit Tamara und Leszek Kołakowski) bei Irena Szymańska und ihrem Mann, Ryszard Matuszewski, ein.

Juni 1996. Florenz
Die Worte »Ach du bist Daniel« stammen aus dem Poem »Fünf Apostrophen an die kleine Sissel« von Daniel Vogelmann.

Januar 1992. Warschau
In dem Text führe ich, ohne sie in Anführungszeichen zu setzen, Stellen aus zwei Gedichten von Henryk Grynberg an: »Orpheus II« aus dem Band *Pomnik nad Potomakiem* (Denkmal am Potomak), London 1989, und »Trauer um Halina« aus dem Band *Rysuję w pamięci* (Ich zeichne im Gedächtnis), Posen 1995.

März 1991. Frankfurt am Main
Protagonist des Textes ist Christoph Cobet, Historiker und Antiquar.

Januar 1991. Lehrensteinsfeld
Das Buch mit dem Text »Phantomschmerz« – über Axel von dem Bussche und die Einwohner von Dubno – erschien einige Monate nach dem Tod des Protagonisten der Reportage. Der deutsche Bundespräsident dankte mir in einem höflichen Brief für die Begegnung und für – wie er sich ausdrückte – die Freundschaft mit seinem engsten Freund.

Hanna Krall

DA IST KEIN FLUSS MEHR

Aus dem Polnischen
von Roswitha Matwin-Buschmann
ISBN 3-8015-0331-3

Alle ihre Geschichten handeln vom DANACH. Knapp und poetisch verbindet Hanna Krall Einzelschicksale mit historischen Ereignissen und biblischen Motiven.

Und so nimmt es nicht wunder, daß neben der Jungfrau von Wlodzimierz von Feldmarschall Rommel, neben dem Don Juan des Otwocker Proletariats von Rabbi Besser aus New York die Rede ist. »Ich versuche nicht, die Geheimnisse der Überlebenden zu ergründen« hat dieser gesagt, und Hanna Krall ist mit ihm eins. Doch sie erzählt von diesen Menschen, und auch wenn sich das, was sie überliefert, wirklich zugetragen hat, sind ihre Geschichten keineswegs Tatsachenberichte, sondern universelle Gleichnisse.

»Die Geschichten der Hanna Krall sind herzzerreißend, merkwürdig und schrecklich. Und großartig erzählt.«

Katharina Döbler

»Eines der Merkmale der Prosa Hanna Kralls ist, daß sie alles berichtet und nichts kommentiert. Sie ist so wortkarg, daß mit ihr verglichen Hemingway beinahe ein Schwätzer ist.«

Marcel Reich-Ranicki

Hanna Krall

DEM HERRGOTT ZUVORKOMMEN

Aus dem Polnischen
von Hubert Schumann
ISBN-3-8015-0252-X

In einer meisterhaften literarischen Montage konfrontiert die polnische Schriftstellerin Hanna Krall den stellvertretenden Kommandanten des Warschauer Ghettoaufstandes von 1943, Marek Edelman, mit dem heutigen Herzchirurgen.

Lakonische, präzise Details, mit denen Hanna Krall ohne jede Feierlichkeit in das Geschehen einführt, der neugierige Blick, den sie selbst mitten im Grauen nicht verliert – all das ist charakteristisch für ihren Stil, mit dem sie den Leser zu packen versteht, noch bevor dieser ganz begriffen hat, wo er sich befindet.

Hanna Krall vermag der bodenlosen Trauer (literarisch) standzuhalten, die durch das Leben in einem Land, das zum Friedhof des europäischen Judentums geworden ist, in besonderer Weise wachgehalten wird. Das Buch erregte in Polen großes Aufsehen und wurde in vierzehn Sprachen übersetzt.

»Wenn man Hanna Krall sagt, dann denkt man an diese Art von Literatur. Die hat sie erfunden, die hat sie entwickelt, die hat sie zu großer Virtuosität und zu einem hohen moralischen Anspruch gebracht.«.

Sigrid Löffler

Hanna Krall
UNSCHULDIG
FÜR DEN REST DES LEBENS

Aus dem Polnischen
von Hubert Schumann u.a.
ISBN 3-8015-0350-X

Bevor Hanna Krall mit ihren Büchern als »Chronistin des Holocaust« weltweit Beachtung fand, ging sie in den siebziger Jahren mit großem Erfolg ihrem Beruf als Reporterin nach. Aus ihren literarischen Reportagen erfuhr der Leser mehr als aus jeder anderen Quelle über den Alltag in Polen, über die Ängste und Träume seiner Bürger. Und das trotz mannigfacher Beschränkungen seitens der Zensur.

Auch wenn das Sujet ein ganz anderes war als das ihrer späteren Geschichten, so zeigt sich das Charakteristische ihres Schreibens bereits in den frühen Reportagen: sie verzichten auf jeden Kommentar, jede Beurteilung, enthalten keine Mahnung, keine Lehre. Sie erzählen und beschreiben »nur«. Bei Hanna Krall schlagen sich große Ereignisse oft in einem Wassertropfen nieder und unter ihrer Hand werden Nebensächlichkeiten bisweilen zum Schlüssel mancher Wahrheit. Schlagfertig, mitunter listig, rückt sie ihren Helden auf den Leib.

Ihre Reportagen erzählen von gelungenen und gescheiterten Lebensstrategien, von skurrilen Alltagsgeschäften und fragwürdigen Arrangements, von falschem Heldentum und echtem Glück. Sie sind Zeugnisse aus den Tagen des Kommunismus, dessen Realität so manche Absurdität mit sich brachte.

Verlag Neue Kritik • Kettenhofweg 53 • 60325 Frankfurt

Béla Zsolt
NEUN KOFFER

Aus dem Ungarischen
von Angelika Máté
ISBN 3-8015-0335-6

Als der ungarische Journalist Béla Zsolt im September 1939 von Paris aus die Flucht plant, werden ihm die neun Koffer seiner Gattin zum Verhängnis. Frau Zsolt, Bürgerstochter aus der Provinzstadt Großwardein und entschiedene Anhängerin des »Kultes der Gegenstände«, kann sich nicht von ihrem Besitz trennen. Der einzige Zug, in dem sämtliche Koffer Platz finden, ist der Zug zurück nach Budapest, der Zug ins Verhängnis.

Die nächsten Jahre vergehen mit Arbeitsdienst an der Ostfront, Gefängnis und Ghetto, und ein Wunder muss das andere jagen, damit Zsolt den Krieg überlebt. Während schließlich im Spätsommer 1944 auf dem Hof der Ghettokaserne von Großwardein ein letztes Mal, gleich einer Vision, die neun Koffer der Frau Zsolt unter den Blicken von tausend eingekerkerten Juden vorbeiziehen, stehen auf dem Rangiergleis schon die Waggons für Auschwitz bereit.

Die Erinnerungen aus dunkelster Zeit sind mitreißend intelligent geschrieben. Bei Zsolt sind die Erinnerungen noch roh und unverbraucht, die Basis seiner Reflexionen spürbar nahe, der Sog des Erzählens unwiderstehlich.

»Wer durch dieses Buch hindurchgegangen ist, wird mit Béla Zsolt ein anderer sein.«

Andreas Breitenstein, *Neue Zürcher Zeitung*